GAEA

GAEA

兔俠
vol. 6 分別深藏之心
護玄——著

兔俠

vol.6

目錄

第一話　強盜團的聯繫　09
第二話　神器　29
第三話　變故　53
第四話　過往的存在　79

第五話　朋友？……109
第六話　所選的正義……135
第七話　蒼龍谷……161
第八話　來訊……185
第九話　昔日實驗……207
第十話　隱藏的本體……237
番外・弟弟……263

人物簡介
CHARACTERS

青鳥．瑟列格▼第六星區
金髮碧眼、擁有一張娃娃臉的20歲熱血青年。
喜愛正義、討厭壞蛋，夢想成為正義組織的一員！

琥珀．沙里恩▼第六星區
黑髮，擁有罕見湖水綠眼眸的16歲少年。
個性冷淡、有點不善交際。

兔俠▼第七星區
處刑者。性別男，大白兔布偶，白毛紅眼睛。
非常認真嚴肅，忠於自身信念。

黑梭▼第七星區
處刑者。黑髮褐眼，變化後轉為紅眼。
看似輕佻，但其實相當會照顧人。

茆·菲比▼第六星區

處刑者。金棕色的長髮與雙眼，是個可愛的少女。開朗、大而化之。對自己人很好，有點排外。

沙維斯▼第六星區

隸屬聯盟軍部，無法得知任何底細，專門捉捕處刑者。眼與長髮都是淡灰色。冰冷不易親近，堅守正義。

噬·巴德▼朱火強盜團

朱火團長之一。黑髮褐眼，左臉有火焰圖騰。為了達到目的，可以使用任何手段。

美莉雅安奈·巴德▼朱火強盜團

朱火副團長之一，橘髮褐眼，左臉有火焰圖騰。冷漠高傲，只服從噬的命令。

「那麼我給妳介紹介紹，這是第六星區軍隊統帥的孩子，也即將接任聯盟軍職位，這次是來第七星區見習的，我舊友之子，柏特。」

第一話▼▼▼強盜團的聯繫

第七星區

他靜靜地坐在黑暗的角落中。

即使綠能力者的外表與現今的人類較爲不同，但在隱身行動上，仍不輸給他人，他們有的是辦法借助植物或一般人根本無法察覺的懸浮細小綠色生物來遮掩自己。

很少人知道，其實如泰坦那樣程度的綠能力者，就連呼吸都可以不靠人類的呼吸器官，而是眞正像植物一樣使用身體來呼吸。但當今並沒有幾位這樣的綠能者，就好像泰坦天生與其他綠能者不同似地，且力量遠遠強大於其他人。

藤睜開眼睛，在黑暗中探察到敵人的位置，終止方才的思考。

應該說其實他還是有部分在思考，只是把專注力移到了植物傳回的語言上。

經過……巡查……離開……

「路線安全。」

將訊息傳遞給正在另一端的臨時夥伴，藤繼續等待，也順便布下新的苔綠植物，好讓自己更加擴大能掌控的區域。

就在那些綠色小生命悄悄爬滿所有通風管道後，植物再度傳遞來友方陸續回返的訊息。

第一個回來的是勁裝打扮的女性，據說她在第七星區中向來獨來獨往，不太與其他處刑者打交道，即使合作也不會太久，估計這次是她破例的唯一一次。

曼賽羅恩依照指示到達集合點時，並沒有發現這裡有人，這讓她本能地更加警戒小心，但很快便察覺被黑暗遮蔽的綠能力者。這段時間以來，對方使用著他們不了解的方式藏匿身影，聯盟軍、或說強盜團好幾次直接貼身走過還沒發現。

拂開了飄浮在空氣中的大量黑色小絨毛，藤招招手讓對方進入。

「這到底是什麼植物？」感覺空間瞬間被撥動了下，曼賽羅恩趁其他人不在，抓緊時間詢問。前幾次看見時，因爲還有其他處刑者在，不方便隨意發問。

「母星有一種叫作蒲公英的滅跡植物，在這個星球上也有類似的風媒植物，叫作『飛翔羽』。初代人類殖民到這裡、開發科技後，這種植物的棲息地被完全破壞，後來人類才發現飛翔羽和蒲公英不一樣的地方是，它們的種子隨風脫離母體後，會大量聚集在半空中好一段時間，直到雨季結束、儲水囊集滿所需水分後落地生根。在這段時間裡，它們的飄浮羽絨會反映環境的變化，製造出假象……也能說是投影，將自身完全融入周遭，以躲避天敵，甚至還能做到隔絕任何聲音。」藤打開了腰邊的小袋子，讓女性看清裡頭裝滿了白色的小細毛種子，「人類一開始以爲它只是普通的蒲公英。後來才發現這些東西如果不是特定棲息地就無法培育，一直到三百年前都是絕跡的。雖然如此，它們的基因還是被充分運用在科技與武器上。」

曼賽羅恩點點頭，大致了解應該又是泰坦重新復甦這種植物。

他們現在的所在地，是第七星區聯盟軍的總長別墅。

自從第七星區被強盜團拿下後，能力者們遭到各種襲擊，不管是不是處刑者都無法倖免，這裡的情況比外界所知還要糟糕。

其他六大星區發現派來的使節船都沒有回航後，就不再派出船隻，轉爲開始鞏固防備，聚集軍隊與武器，等待合適的時機讓他們再度跨出海域長征。

第七星區聯盟軍的主要幹部大多被取代，其中有少部分人就此消失，例如布蘭希統帥，以及其統馭的軍隊。他們現在正在尋找這些不知道是遭到毒手，或是仍活在世上的人，和被替換的總長與其他幹部。

最大的可能性估計還是在總長或重要幹部們的資產中，所以便以住處為起點，一一搜尋他們名下房屋或土地。

這段時間裡，有些得到幫助的能力者轉為幫助他們，形成一支聯合處刑者隊伍，目前負責探查的約莫七、八人左右。

聽著植物的傳話，藤知道其他能力者還要花點時間才能來到約好的聚集點。

看來曼賽羅恩會與兔俠組織齊名不是沒原因的，女性只花了不到一半的時間就將自己負責的路線搜索完畢，還順便繪製屋內相關配置圖、帶回點機密資料。

拿下身上的槍枝與其他武器，曼賽羅恩趁等待時間做檢查，清到第二把低能源短槍時，轉向旁邊正在注視自己的綠能力者，「你也是慕名投靠泰坦嗎？」就她所知，第六星區的黑森林組織才是真正的森林之王，但是並非由泰坦招募，底下的龐大系統是投靠者們自發性建立，形成一種特別關係的社區網絡；也完全自發管理，幾乎不干擾泰坦，泰坦只在必要時出手與庇護這些住民，即使聯盟軍知道黑森林就在那裡，也無可奈何，這在七大星區的所有處刑者組織中相當特別。

換個方式說，他們就像是建了座小型自治區在第六星區裡。

「雖說是慕名，但對綠能力者來說，黑森林是最舒適的完美居住地。」幾乎所有綠

能者都同意，黑森林是七大星區中的綠能者天堂，這也是大多綠能力者會聚集在那邊的原因之一。藤頓了頓，說道：「對我們而言，其實現代的空氣很像毒素，我在第七星區停留一段時間也會返回黑森林，舒緩清釋囤積的毒物。實際上我並沒有像其他處刑者一樣揹負某些傷痛，僅是回饋給提供我住所與庇護的黑森林一份力量。」

藤認爲自己算是過得很順遂，雖然綠能力者的外表讓人側目，不過他很久之前就已經透過植物知道黑森林，一到自己能夠自由離家的年紀，就直接投靠黑森林了。

不得不說，黑森林的生活方式與組織營運也很適合他，於是就這樣定居下來，之後聽從安排帶著紫櫻成爲第七星區聯絡據點負責人。

「但是，我眞的很敬仰泰坦，黑森林的人都願意爲了他付出所有。」因爲泰坦替他們打造了一個巨大的家，也因此留在第六星區，即使是藤，也很爲這份心感動。

「原來如此。」曼賽羅恩點點頭。

「那妳……」

曼賽羅恩微笑了下，拉開衣襟，讓對方看見裡面淺到幾乎已快消失的淡淡傷疤。

「這並不是我。」

第七星區，一直都是很弱小的星區。

當時，正好是她十三歲的生日。

「十三歲時，我也擁有過一個很美好的家庭。」

即使有點窮，但他們運氣很好，住在城內區，並不像外圍的村子容易遭到強盜或海盜洗劫，也不會被聯盟軍當作貢品般獻祭給那些貪婪的存在。曼賽羅恩或多或少能猜得出兔俠組織裡黑梭的遭遇，太過於悲慘，讓她還能感謝自己那十三年的安穩。

總之，那時候擁有一頭金色長髮的曼賽羅恩與現在截然不同，是個膚色白皙、臉上還有雀斑的小女孩，而身邊有名相差兩歲、相當疼愛她的深茶色頭髮兄長。

「哥哥。」

指著自己的面孔，皮下的骨頭。

「母親。」

自己的心臟。

「鄰居。」

那些如今活動自如的手腳與身體。

「只有這裡才是原本的曼賽羅恩。」

指指腦袋，女性微微笑了，表情有點哀傷，「文明與科技真的很不可思議，被冠以莫須有罪名而遭毀滅的腐蝕街道還能拼湊出這樣一個活口，或許我該感謝路過的第一星區科學家，雖然她很可能只是想試試自己的能力。但也多虧她，我才知道哥哥若是順利長大，會是什麼樣子。」

雖然女性沒有說明細節，但藤大概能知道是怎麼回事。

「說到底，其實能力者並不是我，而是我哥哥。他可以獨自擺平一頭比他大好幾倍的野獸，我想應該是移植時，不知道爲什麼轉移到我身上……或者像那些起源者的信徒們所說，是哥哥想保護我的奇蹟吧。」

「……妳殺了嗎？」

「是，我查出幕後凶手，藏在聯盟軍裡，所以一槍打得他腦漿四散。」從那天起，曼賽羅恩就成爲「曼賽羅恩」，遊走在第七星區，「最可悲的是，原來把聯盟軍引來的，就是我們鎮上的人，幸好他並沒有成爲這個身體的一部分，否則我還得花點工夫將他挖出來。」

「起源神庇護妳的家人、與無辜受害者，願他們能度過漫長星河回到母星，無憂地沉眠。」低聲地爲那些死者祝禱，藤沒繼續追問，就此打住話題。

若是他們更加熟稔，哪天女性願意詳談，自然就會告訴他了。

繼續回頭整備自己的武器，就在曼賽羅恩所有武器都放回身上後，其餘隊員們也陸陸續續來到附近。

「沒什麼收穫。」

最後一名回來的協助者這樣說道：「雖然守衛森嚴，不過看來屋內大多數資源都被撤走了，這裡只維持著有人使用的假象。」

與其他處相同，仍沒有收穫。

「看來果然還是會在總部裡吧。」

小隊伍的人們竊竊私語著。

不過強盜團盤據了中央總部，那是到現在為止他們還無法徹底觸碰的地方。

確認了所有人員到齊，藤與前幾次一樣，再度分派了下次的聚集時間後，便各自散去。

比起整支隊伍一起行動，分散反而比較不容易被強盜團或聯盟軍察覺。

協助者們都安全離去後，藤與曼賽羅恩便前往紫櫻藏匿的小山丘。

飛行生物將他們帶離、回返兔俠組織的據點時，已是清晨、天際開始發白的時間。

很喜歡這一刻的紫櫻在空中翻出許多花葉，隨風飄散淡淡讓人感到舒適的微香，一掃整個晚上的緊繃，帶來短暫的放鬆。

然後，他們才能繼續接下來的事情。

看著藤翻起斗篷兜帽，覆蓋了特殊的外表，遮掩大半的面孔與皮膚，坐在一邊的曼賽羅恩覺得很可惜，因爲綠能力者很美，即使最近幾乎日夜相處，但靜靜地看著，她還是有點被吸引。

「預計再半小時接觸。」

讀取紫櫻傳來的訊息，藤瞇起眼睛，看向天空遠方的另一端。

「這次是在哪個區域？」曼賽羅恩收回視線，取出嵌在紫櫻身上的遠程能源弓開始做準備。

「同樣是相當偏僻的外環區，是一座小村莊，不過那裡已經沒有普通村民了，現在的村民都是強盜團僞裝，或者是投靠強盜團的普通百姓。」

例行搜索後，他倆就會前往聯盟軍（強盜團）的飛行器實驗區。強盜團的進度比他們想像還要快，這幾天的清晨或深夜，已有數架短程小型飛行器在空中盤旋，不同區域的植物不斷傳遞消息，讓他們得知哪裡正有飛行器起飛。

但這些位置都有重兵鎮守，所以不適合帶那些協助者一起前往，萬一在高空衝突，紫櫻無法顧及那麼多人。

飛行了半小時後，他們在雲層後看見無聲飛行的小飛行器。與當時墜落在第六星區的很相似，但大小只有一半。

「他們製作得眞快速。」短短時間裡，竟然已經有數架能飛上天空，曼賽羅恩覺得這不是好事。

「瑞比特那邊傳來消息，說了海面下有數座前世代實驗室與武器庫，如果強盜團手上有那些，就不讓人意外，很可能這些飛行器其實也不是他們製作的，而是從那些武器庫中取出修改。」讓藤比較擔心的是，強盜團究竟有多少武器庫，裡頭還存積多少資源與武器。

「等他們湊足所有軍隊可以使用的數量後，七大星區的短暫和平估計又要歸於零吧。」雖然討厭聯盟軍，但曼賽羅恩也不希望看見星區再度陷入混亂。說到底，人類也就只是想好好活下去，那些日出而作的普通人們，一直都是這些野心家的犧牲品。

在母星也是，在這凱達斯特上也是。

□

雲霧開始覆蓋上微灰的顏色。

即將破曉時分，空氣中的濕氣開始加重，不知從何來的氣流捲來了雨雲，以極快速度向天空中的飛翔者席捲而來。

「我們的行蹤被發現了。」說來也是，這段日子他們狙擊了不少飛行器，如果對方的警備範圍沒提升，那才是眞的該注意了。藤站起身、張開手，握住從紫櫻背上捲繞出的長槍，「這會影響妳的時間嗎？」

「影響不大。」

估算著風速和開始飄來的雨絲，曼賽羅恩拉滿弓、瞇起眼睛，直盯著飛行器的引擎與脆弱連結處，「不過如果那名能力者干擾的話，會需要多點時間。」

小型飛行器上，已經站出名女子，身周圍繞著氣流，操控逐漸狂大的雨勢。

第一支箭射出去時，不偏不倚釘在引擎板上，轟地聲炸開了保護面板，露出裡頭正在快速運作的機組。

紫櫻翻側過身體，揚起的花葉擋下轟然打下的雷光、散去電氣，引發的莉絲毒氣很快就被雨水給稀釋。

巨響過後，藤在飛獸最靠近機組那瞬間朝女性連開兩槍，站在那裡的能力者似乎不受干擾，植物組成的子彈並未打在她身上，反而被氣流給擊落，掀飛到大後方。

雨勢越來越烈，但女子一點都未被淋濕，那些暴雨避開她，只打在攻擊者們身上。

乘載雙人的紫櫻翻出更多花草葉蔓鞏固身體，也拉出許多保護屏障，淡紫色的霧氣在大雨中幾乎被沖散，不過還是有效地散去再度打來的雷電，接著分離掉被打焦的一部分，生成新枝軀體。

站在飛行器上的女子微笑了下，抬起手，聚集雷雲，莉絲的毒氣纏繞在上，越轉越濃。

在對方還未扔出攻擊前，藤將自己甩離紫櫻，落在飛行器上的同時散出大量綠色細芽，一觸碰到異物立即生出根蔓，稀釋空中毒物，並且也為自己鋪出一條能在光滑面上順利行走的道路。

「兔俠組織的綠能者？」女性微微挑眉，這幾日她的確聽說兔俠組織與曼賽羅恩聯手，不斷破壞飛行器，既然眼前的是綠能者，那麼飛行物上的男性應該即是曼賽羅恩，

「我是貝克家族的瓦妮莎，氣候能……」

「妳是雲霧系能力者。另外在飛行器裡的那位是風系能力者，你們只是以風帶來、並壓縮雨雲，讓人誤以爲是氣候能力。」早就已經透過藉著風傳送進飛行器當中的微小植物摸清敵人，藤將槍口對準能力者。

「慢著，我們現在做的事情並非你們所想的那樣。」女性抬起手，制止藤要擊發的動作，「你們誤會了。只要成功，受益的可是第七……可能是七大星區都能得到你們完全無法想像的巨大好處啊。」

「或許對強盜團來說是這樣吧。」藤並不打算爲這種強盜蠱惑人心的說詞動搖。

「你們應該誤會了最基本的事情——貝克家族並非強盜團，在這裡有許多人也都不是，甚至有許多貴族。我們拋棄星區的隔閡與歧異，爲了同樣的目標，才會來到第七星區。也將以這裡爲起始點，徹底奪回人類對於這個星球的控制權。」

「控制權？」藤瞇起眼睛，「什麼意思？」

「你們不認爲，人類還受制於這個星球嗎？曾經我們擁有多少科技文明，過去的年代，人類才是這個星球的神。」瓦妮莎散去手上的雷光，繼續說道：「我們不應該因爲莉絲就得丟棄自己的文明，說到底，根本不應該有莉絲。」

「……你們奪取第七星區是爲了消除莉絲？」

「我們要帶領全人類重返我們最輝煌的年代。」

「藤！」

聽見自己的名字，藤向後一跳，直接脫離飛行器。最後一根飛箭貫進毀壞的引擎，瞬間引爆飛行器尾翼，帶出大量毒物。

落在紫櫻身上，立即讓飛行生物飛開段距離，藤才催動了培植在飛行器上的綠色植物稀釋毒氣，並預計在墜毀時壓抑爆炸。

不過這次敵方有操風者，飛行器墜落到一半時便被大量的風給牽引，緩緩落地，除了沒引起爆炸，同時也保護飛行器裡所有人員的安全。

看見強盜團與聯盟軍的後援已經出現，藤便放棄追擊那些人員，讓紫櫻飛高，重新進入雨雲散去的天空，讓晴空的雲朵替他們遮掩蹤跡。

「她剛剛說了什麼？」雖然專注在破壞飛行器上，但曼賽羅恩留意到方才兩人並沒有像之前襲擊其他的飛行器時一樣大打出手，反而僵持了有些時間。

把瓦妮莎的話複述給友人聽，藤想了想，開口：「妳認爲呢？」

「……貝克家族的確是正派家族，且在第二星區中小有名氣，如果她沒說謊，那倒

是足以解釋為何朱火強盜團能聚集到這麼龐大的資源和好手。但我並不相信他們完全是為了七大星區，如果只是為了要消除莉絲、帶領人們重回高科技時代，並不須要屠殺第七星區的能力者和聯盟軍。你也看到現在多少人遭到強盜團的毒手，他們甚至連老人與小孩都不放過。」這段時間以來，曼賽羅恩獨自潛入聯盟軍中，看過太多事情，她不只不信任聯盟軍，而是幾乎所有人都不信任。

如果連同住一個城鎮的人，都能出賣城鎮而害死所有那些平常見面會打招呼的友善人們，那還有多少人值得信任。

所以不論如何令人心動的說詞，她都保留三分。即使現在和兔俠組織聯手，她也不會完全相信這裡的人。自己的身體，就是最大的教訓和警告。

「總之，先將這裡的事情回報給黑梭吧。」藤也對瓦妮莎的說法有疑慮，決定還是把今天的成果傳回兔俠組織，由他們自行判斷。

通話接通時，紫櫻已經飛過了許多城鎮。

在連線彼端的並不是平常與他們聯絡的黑梭，而是負責幫忙後援資訊的北海。

詢問過後，才知道黑梭清晨時出去了，好像是接到什麼地方傳來的求救，所以暫時把據點交給北海等人，自己隻身過去協助對方。

「當時沒說是誰，只說是認識的人，他估計中午就會回來了，還開玩笑說要買午餐回來。」

北海的影像在模糊的投影上無奈地直搖頭，「本來要他等你們一起，不過他說人力吃緊，他先過去比較快，等你們回來休息好，再一起討論後續動作。」

曼賽羅恩笑了下，便把剛才的事情先告訴北海。

聽完後，北海稍微思考半晌：「我也認爲鬼扯的成分比較大，如果是爲了七大星區好、消除莉絲造福全人類的事，根本不須對聯盟軍、能力者下手，他們可以正大光明地在全星區宣揚。我想希望回到高科技時代的人都會擁戴他們，而不是用這些手段，背後肯定有更大的陰謀。」

「不過貝克家族是第二星區的家族，看來我們必須修正涉入人員的範圍估計，很可能七大星區都有類似的協助者。在這場騷動背後，那些家族絕對都能得到他們想要的利益，才會讓朱火強盜團如此肆無忌憚。」恐怕消除莉絲只是第一步，消除莉絲後的其他附加利益才是這些家族眞正的目的。這麼一來，就不知道敵人有多少了。曼賽羅恩現在也難以確定，其餘六大星區至今沒有派出軍隊，是還在觀望、聚集兵力，或者是在等待合作夥伴拿出成果。

「我們的敵人好像多到看不見盡頭。」原本以為把這些飛行器擊落就可以壓制強盜團，但藤現在覺得，就算在第七星區的上空擊落更多飛行器，似乎也沒多大用處了。說不定，他們正在白費工夫。

「起碼能夠先絆幾腳。」曼賽羅恩不認為全然無意義。

「或許吧……」藤打算等回到據點後，與黑森林聯繫上，讓蕾娜與泰坦知道這些事情，好讓黑森林能夠做足準備。既然敵人並不只在第七星區，那就代表第六星區也有，黑森林的人勢必遲早得面對。

人類消滅綠色數百年後，黑森林才茁壯起來，給綠能者一個純淨舒適的住所。如果他們所謂的科技文明重返了世界，那麼黑森林還能夠留存嗎？

藤並不想看見那種未來。

推倒樹木、焚去草地，然後再以人造的任何生物取代。

似乎也感受到他的心情，飛翔的紫櫻發出細微的聲音，背脊上開出了一些美麗的藍紫色花朵，像是想安慰共生者。

「即使真到了那天，我們依舊共存。」輕輕地撫觸共享生命的另外一半，藤低聲說道：「生死消亡皆同。」

紫櫻低鳴了聲，繼續向前飛。

「先不用如此悲觀。」站在一邊的曼賽羅恩開口：「至少現在，綠色都還在。」

雖然他們不知道會存在多久。

但是，現在都還在。

第二話▼▼▼神器

第四星區

「你知道奧彌家族被『處刑』了嗎……」

四季宴會後，民間多了一種微妙的氣氛，街道上的人們竊竊私語著那個竟敢冒犯最高存在的家族。

據說，奧彌家族招募反叛軍，偷偷在家族領地訓練，打算尋找機會推翻白色家族。

據說，奧彌家族與部分金之家聯手，和其他星區串通，編造各種不利於第四星區的言論，打算使居民們陷入不安。

據說，這一切都只因爲那些家族在和平的第四星區太久，忘卻了神祇的威嚴，貪圖利益與權力所設計。

「眞是太過分了，這種家族啊，願阿克雷懲罰那些居心叵測的人。」

流言繼續蔓延在居民之間。

然後，奧彌家族的天譴就這樣成爲人們茶餘飯後的討論。

同樣地，金之家也因此受牽連，在同一日遭到黑之家調查，並禁止行使所有權利，底下一切的商業系統運作啓動了緊急模式，暫由另外四色家族派出成員管理。

而在白之家所管理的眾神殿正下方，重重密鎖的地底數十層樓之中，看守重犯的警衛打開了牢門，讓難得到來的星區總長緩步踏入。

淡淡的幽香瀰漫在樓層中，這是抑制能力者的藥香，如果沒有先使用中和藥劑，約五分鐘內，能力者便會逐漸喪失力量，成為一般人的無力存在。

走至透明牢房上方，雪雀．瑟列格居高臨下地俯瞰被封鎖在底的金之家——唐梅。旁邊的幾座牢房也囚禁著其餘金之家叛徒，那些意圖想翻覆白之家的策劃者們在奧彌家族被處決後，還來不及退逃或毀去資料，就被早已準備好的白之家人手悉數捕捉。

沒有先開口，雪雀只是冷冷看著下方的女性。

「……白之家再一次勝利了，不是嗎。」端坐在牢房中的唐梅雖已被剝奪所有力量與地位，但仍沒有露出敗者的醜姿，「原本只有一族的瑟列格分為五色家族，這幾百年來享受了『神祇』的光環，高高在上的白之家在家族鬥爭裡，只是再一次勝利，不代表妳們能永遠繼續坐在高處。」

看著倔傲的囚犯，雪雀勾起唇，但並不具任何笑意，「妳認為瑟列格家為什麼會分裂成五色家族？因為白之家享受神祇的待遇？或是金之家貪慕無數的錢財？」

數百年來，其他星區與第四星區的居民都不曉得瑟列格家的內部鬥爭。被指為神名家族的瑟列格家在漫長的時間中，與其他家族同樣經歷了各種爭執、分歧，即使權力五分，依舊無法滿足那些貪婪的人。

以至於，由白之家為中心，每隔一段時間就必須聯合其他分家清除這些不安定因子，以穩定第四星區，好讓星區信徒能夠安穩專心地奉獻一切，為了神的領域而戰。

「如果只是為了享受光環這種理由，那麼這總長的位子，隨便誰要，就拿去吧。」並不在意這種聖女，或是神聖家族的名譽，雪雀看著只為這種膚淺理由，一次次地叛變，然後被鎮壓的年輕一輩，「金之家的歌烈替妳們求情了……五色家族的最初之事從來不曾隱藏，我們確實在執行著『第一家族』所交付的任務，既漫長又看不見終點的古老任務。妳們這些激進又自恃甚高、且聽不進直屬長老勸語的人，就在這裡好好懺悔吧，奧彌家族是因為妳們的愚蠢而亡，所以妳們有一半的人必須因此付出生命作為代價。另一半的人，歌烈以自己的性命，換妳們再一次的活路。」

聽見後面兩句，唐梅臉色一變。

「這和歌烈族長沒任何關係！」

「無法好好看管自己族裡的人，怎麼會沒關係呢。」不讓底下的人繼續辯駁，雪雀冷哼了聲，「妳就揹負整個奧彌家與歌烈的生命，成為下一任族長，和殘餘的人用那些罪惡好好承擔『最初之事』，指引未來金之家的走向。」

語畢，她旋即轉身，往進來之門走去。

「妳回來！」

唐梅的尖叫聲在後面激烈傳來，「放過歌烈族長！這和她完全無關，妳把我們全殺了吧——雪雀！」

絕望的慘叫聲迴盪在牢房中。

最後，被隔絕在層層地底下。

□

從黑暗中清醒時，所見的是一片綠。

深綠、淺綠，被光線照耀的透光翠綠。

然後，記憶回到最初，如潮水般湧上，一一重複著，最後來到失去意識之前。

那時候，他把一個好人給他的匕首插在另外一個人身上。

「取得甦醒跡象。」

無機聲音響起，周遭那些包圍的綠色瞬間被人用力撥開——那是許多的綠葉、藤蔓，有大有小，有深有淺，連身體底下也都是相同的綠色植物。

才剛重新思考，葉子已全部被打開了，接著撲進來的是現在超不想看到的傢伙。

「琥珀——！」

一臉哭喪的矮子在接觸到他之前，就被後面的力量給提開。

「泰坦給的藥草還在治療他，請先別碰。」

往旁邊看，看見將人拖開的大白兔身上一片已經乾涸的暗色痕跡，柔軟的毛整個糾結沾黏在一起。

被制止後，青鳥才往後退開，還是很害怕地看著。

大白兔放開人，走了上來，壓低聲音詢問：「你還記得嗎？」

「……」

「我們回返後，發現你和奧彌家的人都躺在血泊中，奧彌被第四星區的醫療隊帶走了，或許還活著，不過在我們想移動你時，泰坦給的物品突然自行運作了。」

順著大白兔的指引，他看見身側趴伏一隻綠葉小狗，全身都是綠葉與藤蔓組成，就和身側的那些綠色植物相同。

照大白兔所說，當時是泰坦送的那一團綠色小東西突然自己有了動靜，層層綠葉翻開急速成長，沒多久就出現了小狗般的綠色動物，接著又長出許多綠葉與藤蔓將人包裹住。第四星區的醫生判斷並無危害，反而是在對重傷的少年進行治療後，就沒人敢再接觸綠色物體，只放了偵查生命的儀器在附近隨時回報傷者狀況。

琥珀過了幾分鐘才全部消化完這些話，他再次閉上眼睛，待身體能稍微動作之後重新睜眼，伸出手抓住大白兔，慢慢地移動肢體。

室內還是和他遇襲時一樣，打鬥時造成的混亂還未收拾，從旁側的報時機器來看，應該過了一日左右。

張開口，想說點什麼時發現到喉嚨有些刺痛，所以試了幾次才發出微弱的聲音：「……朗布沒死嗎？」也是，如果立即送入治療，在這年代，就算是往心臟捅一刀也不一定會死人。

琥珀在身體還是感到疼痛時停下了動作，一旁的小狗跳起身，朝他搖搖藤蔓尾巴。

「看樣子應該會存活下來。」這一整天大白兔就和青鳥一樣守在這邊，但聽官方頻道，能知道瑟列格家正在清除奧彌家引發的各種謠言，而且準確無誤地重新將人民與商隊的支持方向導正回神之家族身上。

與此同時，一些反叛者也在黑之家出動後被掃除了大半，雖然普通民眾間有些緊張，但並不影響生活作息，這讓大白兔不由得暗暗佩服第四星區聯盟軍的效率之高，以及檯面下手段之快、狠，連一點破綻都不給予其他人察覺。

照這樣看來，第四星區所掃蕩掉的異己肯定比其他星區、甚至居民所知更多。

「琥珀，你還好吧……」青鳥蹲在旁邊，很害怕地發出細小聲音。

抬起手，看見上面傷痕淺得剩疤了，其他傷口應該也正在癒合中。琥珀點點頭，「沒事，他沒砍中要害。」幸好那個奧彌家的人沒受過殺人訓練，雖然憤怒，不過架著他大多都是亂砍一氣。原本以爲自己比較可能是死於失血過多……這次得感謝森林之王的贈物。

「身體損傷恢復至可移動狀態，建議將患者轉入醫療儀器中妥善觀察。」

在上頭轉動的小光球再度發出無機聲音，提示著下一步處理動作。

直接關了那個和聯盟軍連線的東西，琥珀順便重新將整間屋子的授權收回手上，然後再度動作，「痛痛痛……」

「你先躺著不要再亂動了。」

青鳥再度靠過去把人按著。

「我們的行李應該都還在吧。」琥珀抓著矮子，咬著牙還是先撐起身，「你媽不會那麼容易罷手，現在肯定要肅清家族裡的反叛分子，我們得盡快離開這邊。」那女人連他都算計下去了，可見接下來的動作會更大。

「咦？」青鳥愣了下，他還以為奧彌家族的事情就差不多了。

「第四星區的總長好像在為了什麼事情做準備啊。」雖然並不知道檯面下還有多少事，但大白兔也隱約可以察覺奧彌家族的事只是一個開頭、對某些人的警告，後續的事情才是真正要處置的。

「雖然總長不會危害我們，但在不死的前提下，能利用的她還是會利用，以達最終目的，瑟列格家族從初代開始一直都是這樣。」琥珀並不想再被陷害，決定快點把該做的事情做一做，「先解開核桃那個盒子吧。」

「咦？他要交給反叛軍那個？」的確有將盒子帶在身上，青鳥稍微愣了下。先前幾次要打開時都正好碰上事件，一直沒機會開啓，好像被什麼詛咒的感覺。

琥珀點點頭，其實之前解碼鑰匙時就大概知道是什麼，「畢竟是她的東西，還是還給她。」

「……她的？」青鳥一臉問號。

「啊！」站在旁側的大白兔數秒後，突然驚覺內容物並不單純，「反叛軍手上的物品該不會就是所謂的『神器』？」所以奧爾家的人才會信誓旦旦地說總長勾結反叛軍，總長還那麼特意在宴會上直指琥珀是請來幫他們設計防禦系統的。

看來，第四星區的總長肯定知道盒子在他們手上的事情……反叛軍的動靜估計也在她掌握之中。

雖然沒有人類的軀體，但稍一推測，大白兔覺得自己有點冒出冷汗的感覺。

第四星區總長的城府比他們所想還要深沉很多，並非外表那麼純淨。

「等等，瑟列格家族分到的『神物』應該不可能那麼簡單就被偷走啊！」青鳥愣了下，立刻回過神，一臉不可置信，「別說是琥珀，第一星區的高階『頭腦』也不可能將那東西偷走吧。七大星區都有共識，『神物』是不可動的，所以用最高科技保護……」

「如果是她故意的，那就另當別論。」

「故意的？」

青鳥過了好半天才消化掉自己聽見的話。

這時，琥珀身上的嚴重傷勢也被治療得差不多，綠葉小狗開始收回那些藤蔓葉片，淡淡的青色粉末覆上了還未痊癒的小傷痕，總算不再那麼疼痛，且可以緩慢小心移動。

讓大白兔扶著離開地面，琥珀拖著腳步，轉移到旁邊的躺椅，然後緩緩呼了口氣。

「這……這應該不可能，每個家族由當代的首領繼承『神物』，是絕對不可能隨便放離的。」青鳥想了很久，還是覺得自己的母親不會這樣做。

「我下載了白之家的主機資料，扣掉歷年剷除反叛者的事情不說，近年白之家的確也做了許多準備，陸陸續續撒餌引出那些人……恐怕學長你的事情也是由白之家刻意洩露的，所以那些想政變的新勢力才會藉這個機會派出奧彌家族來試探。」綜觀這些事情看來，琥珀大致上可以猜得出爲何「神器」會落到反叛軍手裡，之後反叛軍又遭到殲滅。恐怕是總長刻意流出，而且她還有絕對把握能收回，眼下的確也順了她的心意。

「那所謂的瑟列格當家很危險，並不是指總長自身有實質的危險吧。」大白兔現在才完全確定了當時將鑰匙託付給他的那名反叛軍的眞正意思。

恐怕，反叛軍在當時就已經察覺到自己組織裡有叛徒，他才希望將這些東西託付給不管任何世事的蘭恩家。

琥珀點點頭，說道：「那個核桃應該就是白之家的手下之一。」他們的確都沒見過核桃的眞面目，但是當時核桃被襲擊、聯繫他們，又將這種重要的東西交託他們，確實有點不正常。即使自報是瑞比特也一樣，叛軍該不會馬上就相信素昧平生的人或組織。

現在推算回去，肯定是核桃已經知道青鳥是誰，所以轉由他們的手將物品帶回。也在同時通報了第六星區的聯盟軍，不知道用什麼名目前往消滅第六星區的反叛軍據點。

「這個應該不太可能吧……」青鳥整個頭都暈了。

「確實如此喔。」

不屬於三人的女性聲音傳來，青鳥和大白兔立即護在琥珀前方，這才發現白色的美麗女性從二樓階梯踏下，帶著一抹冰冷無感情的笑容。

「核桃發現他在小島上僅剩的夥伴，是第六星區來的間諜後，立即判斷必須將東西轉交給你們才行，否則那名預料外的間諜還不知道會做什麼呢。」看著下方二人，雪雀噙著笑，繼續向下走，「不將『神器』轉移出去的話，那些想要推翻家族的人怎麼會被輕易地釣出來呢。」

「你們究竟在搞什麼啊！」某種怒意從心底生出，青鳥吼道：「瑟列格家被託付的『神器』是這種拿來對付人類的東西嗎？妳不是告訴過我，這是絕對要用生命保護的東西……不是嗎！」

「因為如此我才讓它暫時離開第四星區。」雪雀完全不為所動，淡淡地開口：「在

我身邊環伺的幾乎都是敵人，如果不先將這些人處置掉，瑟列格家族該怎麼繼續執行託付。何況，我的計畫並無誤差，現在『神器』已經重新回到第四星區，所以還由不得你質疑我的決定。」

「妳──」

「別忘了，瑟列格現在的當家是我，停下你的抱怨。」雪雀不接受更多的指責，轉向了一邊的琥珀，「對你的確很抱歉，但這是必要手段，你的心裡肯定也很清楚這是怎麼一回事，我們的最終利益既是共同，皮肉傷什麼的，就不用計較了吧。」

「……瑟列格家的人果然都相當厚顏無恥。」琥珀冷冷地回以一句。

「如果不是因爲瑟列格家的人厚顏無恥，這個第四星區恐怕也早就保不住了。」雪雀微笑了下，露出乾淨無瑕的天眞笑顏，「我相信『莎法』與『菲妮芬斯』兩位大人也完全認同。」

「……哼。」

青鳥皺起眉，有點狐疑地看看自家母親還有琥珀，「爲什麼又扯上雙女神？」

創立起源神教義的，是「莎法」與「菲妮芬斯」兩姊妹，也就是後來被稱爲雙女神存在的初代人類，同時也是瑟列格家在此星球中初代的族長。

她們死後，被尊稱為雙女神，和起源神被供奉為起源三神，這也是七大星區眾所皆知的事情。

就像「阿克雷」被供奉為請願主一樣，與之後許多初代人類都被神格化，接受新一代人類的敬仰。

「有些人認為，瑟列格家族利用宗教在最短時間得到最高的權力，建立並鞏固自己的地位，然後還將自己與起源神放在同等位置，是很佔便宜的事情呀。」雪雀笑笑地回答：「但是，人類的確需要信仰，否則將會失去道德。雙女神的決定並沒有錯，瑟列格家族這幾百年來也牽制了『不少人』，讓人類得到多達八百年的存活時間。」

「宗教與政治……唉。」青鳥到現在還是對這些事情很無力。人類到達新世界，始終擺脫不了貪心與權力。

「好了，既然沙里恩少爺不打算追究受傷的事情，那麼就回到正事上吧。」

關閉屋內所有系統，雪雀也暫時停止身上所有儀器，轉向已坐正起來的琥珀，「我已經做好迎回瑟列格家族『神器』的準備。」

「……那妳也做好『開啟』那天的準備嗎？」

有些訝異地看著發問的琥珀，雪雀擋住要發問的青鳥，「我會讓我最忠心的手下完成所有交託。」

「嗯。」琥珀點點頭，也不再多說廢話。接過大白兔捧來的盒子和密碼片後，便開始解鎖程序。

就如同他們先前預估的，密碼片果然就是解開包裹的鑰匙。

不到數分鐘，那個反叛軍使用的嚴密包裹就這樣在所有人面前被解開。緊鑲住木板的銀色細條發出細小的聲響後鬆脫開，各自往不同方向倒下；接著木板喀答幾聲也跟著散離。一脫散，青鳥才發現這些木板非常厚，難怪那時候怎樣搖都搖不出內容物聲響。等到木板打開，便露出裡頭巴掌大的銀色小盒。

盒子上已沒有其他封鎖，很輕易便能開啓。

將盒子捧在手心上，琥珀輕輕打開頂蓋，裡頭的透明圓球便出現在所有人面前。

「……神器？」這輩子還是第一次親眼看見家族代代傳護的東西，青鳥有點看不太出來這東西哪裡神了。

看起來就是很普通的透明玻璃小球，而且還眼熟眼熟的。

「我怎麼總覺得，這個和小時候某一天妳拿回來的幾千顆球長得好像。」青鳥看著看著，想起有點不愉快的回憶。

「幾千顆？」琥珀也疑惑了。

青鳥看向凶手，有點指控地說：「我母親在我極小時候，有一天把幾十顆這種球全都倒進我房裡……對，就是現在我們住的這間，然後說借放一下，一放放了一個月，害我不小心踩破好幾顆……你知道小孩子一睡醒就踩爆玻璃球有多可憐。」說起這種血淚史，他就會覺得自己小時候活在被虐待的環境裡。

大白兔愣愣地跟著看向瑟列格當家。

「裡面有顆是眞的，就是這顆。」雪雀面對三雙眼睛，相當坦誠地點點頭，「那時候我在清除另一批叛徒，既然你身爲我兒子，幫忙隱藏一下『神器』也是理所當然。」

「那也不用放到幾千顆啊啊啊啊啊啊！我那個月腳底割傷都沒好過！妳就不能用不會破的材質嗎！妳不知道我小時候超怕麻煩別人，不敢一直拜託人家帶我去治療嗎！」

青鳥覺得自己有點崩潰了。他整個童年都戰戰兢兢的啊喂！而且那時他母親連招呼都沒打，就把玻璃球塞滿整間屋子，接著一整個月不見人影，他還以爲自己哪裡得罪了總長，整個月活得膽戰心驚，就怕這人回來會追究破掉的玻璃球。

但就算再怎樣小心生活，那些無所不在的玻璃球還是會突然出現在腳下被踩爆啊！

「琵列格家的人都腦殘嗎？」琥珀看著兩個矮子，打從心底如此說道。

「爲了彌補你的腳底，我不是就帶你去看風景了嗎？」雪雀挑起眉，對於青鳥敢一而再、再而三吼自己感到頗有意思。

「……妳說看那幾萬信徒的場面嗎，那也在我幼小的心靈裡造成創傷了。」他這些年來都活得很害怕，但又強迫自己一定要笑得很快樂，都是拜那經驗所賜。更別提後來的「總長一日遊」，讓他眞看了不少人性的黑暗。

雪雀聳聳肩，「看來你果然沒有成爲總長的資質，上任總長帶著我的時候，我便知道將來必須做得比她更好，當時我也和你那時候差不多年紀。」

「鬼才要成爲總長，當總長有什麼好，我要和琥珀一起回第六星區快快樂樂地生活，去上學、看英雄片，然後去吃好吃的東西，假日還要跟同學去探險，和大俠他們一起聚餐、懲罰壞蛋。」青鳥從來都不想有什麼權力，好好地平凡活下去，帶著他喜歡的人，享受他們喜歡的東西，這樣就好了。

「如果，人類都這樣，那就不會有五大家族的惡鬥了。」

看著自家愚蠢的小孩，雪雀卻微笑了，「快快樂樂地生活，和自己身邊的人在一起……如果是這樣就好了。如果我們不是五大家族，必須肩負起所有責任與義務，那麼我們一家人或許……」

她的話到這裡便停住。

因爲，他們是五大家族。

她是總長。

所以那些青鳥說起來很容易的事情，她永遠不可能會有。

也就是因爲這樣，她才把青鳥踹到第六星區。

「難道妳……」青鳥愣愣地看著與自己極爲相像的女性，也停下了。

他一直以爲，她只是怕他破壞了總長和白之家的名譽。

「……生你是我樂意的事，威脅與風險是我要承擔的事，你只要像先前一樣過自己的生活就行了，不是嗎？」

雪雀其實眞的很不懂該如何和小孩相處，她的總長教育中並沒有這項學習，就連戀愛與成爲妻子她都不懂，所以她只能利用當年所有發生的事情來達到目的。

這些全都不是以家庭爲優先。

所以她最後的考量，就是把青鳥丟掉，讓他去過自己的生活，不用再被第四星區檢視。

「如果你還是想脫離瑟列格家……脫離我，就去吧，這次我會批准。」

轉過身，拿走「神器」的雪雀背對青鳥，留下最後一段話。

屋內所有系統再度恢復運作。

大白兔看著寂靜的屋裡各自思考的兩名小孩，因為牽涉到別人的家務事，他不方便開口，只能等兩人自己想說點什麼。

過了半晌，有人來敲門，大白兔前往應門，發現站在外面的是一名總長身邊的手下，白之家勁裝打扮的女性手上捧著盒子，說是要歸還琥珀的物品。

打開一看，是那柄短匕首，已經被清洗得很乾淨了，連一點血跡都沒留下。

接回匕首，琥珀鬆了口氣。

「總之，我們先離開第四星區吧。」確認匕首上沒有被附加什麼奇怪的東西後，琥珀打破寧靜，「潛水船應該也快回到這裡了，我發信請長蘇哥帶我們回到港口，最快應該今晚便能動身。」

「琥珀你不要勉強，你的身體……」看著自家弟弟臉色還很蒼白，青鳥就擔心。

「泰坦的藥物治療得很快，到晚上該能恢復體力，真不行，你就要負責揹出去。」

琥珀才不想因爲這種事情耽擱，能多快離開這個地方就多快，再多待都不知道接著又會被暗算什麼。

「嗯嗯我揹你。」青鳥眼巴巴地說道。

「……」琥珀突然有點後悔剛剛叫對方揹，這矮子肯定會有一堆藉口要求揹人，以示哥哥的愛什麼鬼的……

「既然決定今晚離開，那就讓琥珀好好休息，在夜晚到來前能恢復最多體力吧。」

□

因爲被拒絕了，青鳥只能眼睜睜看著自家弟弟被大白兔攙扶上樓。

可惡，本來他是想快點實行一下哥哥的愛之揹，讓琥珀知道他的背有多可靠的！

接下來，就像琥珀說的一樣，接到消息的芙西據點聯繫上他們，很快地安排了離開中央的路徑與方式。

與上次到達的時間差不多，長蘇幫他們安排的出發時間也是在深夜，另外還傳遞了一封訊息要給他們。

不敢隨便上去打擾琥珀，青鳥看著加密訊息，這是給他和琥珀的，只要其中一人就可以打開了。

「直接開吧。」

就在青鳥煩惱的時候，隨身儀器傳來琥珀的聲音。

「呃呃，你應該多休息啊……」有點咕噥地說道，不過青鳥還是把訊息給打開了。

寄件人是第六星區的盧林，也不知道他打哪來的辦法，可能是支付了很大一筆錢把這消息傳到芙西，請芙西轉寄。不過仔細一看，其實盧林也只是轉寄者，這封訊息最原先竟是從第七星區來的，寄出人還是柏特。

「柏特學長？」這下子青鳥真的訝異了，沒想到人在第七星區的柏特竟然給他們發訊息。

「他也真夠麻煩的。」在休息的琥珀看到寄件人之後決定無視。

之前第七星區開始被強盜團侵佔時，青鳥就很擔心柏特也會被捲入，等到訊息完整顯示出來，他有種自己的擔憂果然應驗了的感覺。

從第七星區發來的是柏特遇到被強盜團攻擊的險境，但目前還算有餘裕可以應付，他身邊的護衛還在努力地制衡攻擊者們。交代完周邊狀況後，就是擔心青鳥和琥珀是否一切順利，請第六星區的家人能幫忙留意看看。

這封訊息原本應該是由柏特家族轉寄，可能是因爲盧林將兩人都登記在他的名下，所以才會轉交到他手上。盧林估計也不是很確定青鳥和琥珀的行蹤，便轉交給芙西代爲幫忙，畢竟兩人搭乘過芙西的事情還算是滿多人知道的。

不過目前在第四星區的事，就眞的只有芙西和白之家少數人曉得。

看了下原始信件的寄出時間，已經是距離現在好幾日前了。

「柏特不知道現在還安不安全。」青鳥一想起學校的人，就覺得有些糾結，他還是希望剩下活著的人都可以順利過完人生的……

「回到第六星區應該就能比較清楚狀況吧。」雖然在第四星區也能透過芙西據點調查，但琥珀眼下眞的沒有體力，也沒有精神再去做這些了。

「說的也是……」

青鳥環顧著熟悉的房間，決定將這些全都拋到腦後。

他和琥珀，最終還是會回到第六星區。

第四星區的爭鬥就留在第四星區吧……

他也幫不上什麼忙。

不論是現在，或是未來。

雪雀．瑟列格，肯定會斬殺掉所有阻礙在神之家族前的屏障。

第三話▼▼▼變故

當天深夜，他們重返已經到達的潛水船。

因爲白之家刻意放行，所以歸程的路途極爲順利，也不用躲躲藏藏。到達芙西港區據點時，長蘇已在那邊等待了，而且還替他們準備好完整的補給物。

「這是瑟列格家總長要給你的東西。」長蘇捧著精緻的小盒子，把握不多的時間，將印有瑟列格家徽的封盒交給青鳥，「瑟列格總長說，如果你眞的有不惜一切脫離家族的覺悟時，就可以依照自己的意志使用自己的力量。」

「咦？可是……」青鳥看著盒子，立時知道裡面裝盛的是什麼。

那是許多年來，他母親爲了防範所做的，他也明白不能使用，只要用了，那些叛黨會有更多藉口動搖白之家。

「瑟列格總長只有交代這些了，最終要怎樣使用、會有什麼後果，就看你自己了，畢竟你也是成人，不需要我們這些旁人來多說什麼。」長蘇僅負責把東西送到對方手上，不打算插手家務事。

「謝謝……」

隨後，他們被小船送到外海，重新回到潛水船中。

已經等待多時的女性領航員依舊像上次一樣微笑地歡迎他們再次搭乘。

海底航行期間，琥珀再度更新潛水船的程式，讓領航員的系統能夠接軌上現代社會的新資訊，也設定了不少通訊點。

在一邊看著的青鳥與大白兔，覺得琥珀很有把潛水船當作海底基地的打算，對方甚至更新、調整了武器系統，還寫出一系列新程式，多多少少可以用來應付莉絲產生。

就這樣，潛水船逐漸靠近第六星區。

「……好像有點不太對勁。」

越接近第六星區，琥珀越覺得奇怪，原先設定好的一些連線完全無法使用，尤其是對小茆和阿德等人的。

不，應該說阿德那邊還聯絡得上，但他一看就發現不太對勁，阿德使用的位址有微妙的改變，繞道仔細探查後，發現是跳點陷阱，會將連上的人引誘到另外的接收處。

「發生什麼事了？」青鳥和大白兔靠過去。

「月神那邊可能出事了。」雖然不想詛咒友方，不過這種陷阱怎麼看怎麼眼熟，被連過去的根本就是聯盟軍的區域，琥珀常常在那邊蹦跳，所以很熟。

「咦？不會吧？」青鳥愣了愣，「亞爾傑不是……」

「誰知道他到底是好人還壞人，總之芙西這邊似乎沒有問題，我先聯繫波塞特。」讓領航員把船停在深海，琥珀在可接受到完整連線的區域中搭上了芙西的私用頻道，使用授權後直接連向波塞特。

看了眼時間，航行了三日多，海面上現在也是深夜時刻。

有些意外，通訊幾乎立即被接起，不知道是長年養成的習慣還是波塞特目前沒在睡覺，總之他低聲說了句等等，能聽見好像從房間離開的聲響，過了一會兒後，才再度傳來回話：「你們回來了？」

「嗯，已經在附近海域。」琥珀調出波塞特所在位置，可以分析出他現在正在芙西據點裡，看來連同家人都還停留在那接受保護。

「你們眞是……要去實驗室好歹也說一聲啊。」早先收到傳回的消息，波塞特一整個很無力，「我是希望用我自己的手把那個地方給處理掉。」

「這也不是我們的問題，實驗室被代表蒼龍谷的人給滅了，你自己去找『他』算帳吧。」琥珀才不想接受對方抱怨。

「蒼龍谷？」波塞特愣了下，喃喃唸了幾句爲什麼會和蒼龍谷扯上關係，「算了，等見面之後再說這些，既然你們已經回到這邊，應該也發現月神那邊出事了吧。」

「我正要搜索聯盟軍系統，看看他們在幹什麼。」應該說發現跳點時，琥珀就開始入侵聯盟軍系統挖消息了。公用頻道上並沒有什麼不對勁的地方，依舊播放著每日新聞，以及聯盟軍一些大小公告。

「月神被聯盟軍抄了，幾天前的事情。」估計他們還沒弄清狀況，波塞特乾脆直接說道：「不知道爲什麼，芙西這邊收到消息時，月神組織已經被擊破了，據說有傷亡，但是不清楚……」

「傷亡？誰？」青鳥立刻搶話發問。

琥珀把矮子推開，橫瞪了青鳥一眼。

「還無法確定喔，聯盟軍不知道怎麼的，封鎖得很嚴密，芙西這邊只收到月神本體被擊殺這樣的訊息，但是不曉得眞僞，聯盟軍一點口風都不露，就是船長也得不到更多資訊，非常奇怪。」實際上波塞特也就僅得知這些，「總之你們小心點，聯盟軍手上有了月神組織的資料，正在查找相關協助人士、能力者。」

「一般百姓知道嗎？」琥珀問道。

「不，還不知道，那區域的住戶大概被洗腦了，完全沒人知道月神組織被攻擊的事，那些同好會可能會有點消息，不過應該和芙西一樣無法確認，所以後援會上也亂成

一片。」波塞特頓了頓，繼續開口：「其實聯盟軍好像也有查到芙西來，不過他們還無法動芙西，所以我這邊沒問題，你們上岸可以先去你們要去的地方，自己小心安全。」

「我們也有點事情要找你……等確認過月神狀況之後吧。」琥珀記著初光說過的話，評估了下，現在還是得先與小茆取得聯絡才行。

黛安那邊也完全無法聯繫，所以他想了想，給亞爾傑和蕾娜分別留了訊息。

蕾娜很快回了一組座標，亞爾傑則是暫無回應。

「好，我暫時還會在芙西據點，也有些事得和你商量。」關於污染者的事情，不過波塞特還可以等等，現在最重要的還是小茆等人的安全。

稍微再交換些情報後，琥珀便關閉連線。

「小茆他們不會有事吧？」

青鳥很擔心地想著早先回來的女孩和剛認識的庫兒可，「阿德薩和露娜……」

「阿德薩會照顧露娜，但是如果真的被擊殺，恐怕……」琥珀皺起眉，「先找找聯盟軍的系統再說。」

目前也幫不上忙，大白兔只好和青鳥在旁邊耐心等待。

又過了一段時間，琥珀才破解了機密檔案，取得藏在內部的最高權限，得以翻閱和月神相關的資料。「……」

「如何？」大白兔歪著頭，看少年的表情不太對，似乎比他們所想還要嚴重。

「月神組織，是利蒙家舉報的。」琥珀翻閱最原始的檔案，上面清楚寫著是從利蒙家的族長提出，非常完整的月神組織所在地，以及成員檔案。

「不可能！」青鳥打死都不信亞爾傑會害小茆和阿德薩他們。

「確實是利蒙家。」打開底下附屬的子檔案，目前還在陸續新增資料中，而且很多都很眼熟，琥珀立刻判斷出這些是阿德薩的主機資料，當初他在小茆家時，多少自動拿了點東西，現在聯盟軍正在上傳的檔案與阿德薩所擁有的重疊，「看來他們正在破解阿德薩的系統……可能已經被解開不少了。」

阿德薩的系統和自己的一樣，肯定有很多鎖，琥珀可以確定即使在突如其來的狀況下被奪取，系統的安全程式也會自行啓動執行，將被入侵的傷害減到最低。

不過就如同處刑者有「頭腦」，聯盟軍當然也有「頭腦」，所以阿德薩的主機被完全破解也只是時間上的問題。

「先別吵我。」抬手阻止青鳥和大白兔想開口的問題，琥珀讓領航員轉換了操作

系統，把潛水船可動用的最大資源轉連結在他的隨身系統上，「我要連上阿德的主機，把他的主機整個破壞掉。」如果目前仍持續在上傳，聯盟軍那邊肯定也還連著阿德的主機，他可以藉由連線跳點和他們比快。

「眞……」

「先讓琥珀專心做。」用毛茸茸的手蓋住青鳥的嘴巴，大白兔低聲地說。

青鳥點點頭，看著室內突然爆出大量數據視窗，然後和大白兔很有自知之明地退到角落，不妨礙琥珀的魔王攻擊。

領航員微笑了下，爲他們準備茶水和點心。

「不須輔助。」在領航員開口詢問前，琥珀揮揮手，把領航員也驅逐到後面和兔子蹲在一起。

藉由自己多來年藏在聯盟軍裡的病毒，琥珀輕易查找到正在處理阿德薩主機的「頭腦」，如他所料，是好幾個人同時在進行，月神組織的主機系統也已經被分析出三分之一左右，且正在陸續遭到解鎖。

稍微計算了下會損失多少埋在系統裡的暗樁，琥珀嘖了聲，「賠本。」

坐在旁邊喝茶的青鳥看著數十個跳閃著字碼的視窗突然變得極爲迅速，上面的程式快得好像下雨一樣，唰地一下原本的字碼就不知道被沖到哪裡去了，而且還一直閃爍怪怪的光。

就算沒講，他也知道他家弟弟正在襲擊聯盟軍。

青鳥小心翼翼地喝口茶，短短時間裡，看見好幾個視窗完全變黑，也不知道是死了還是怎樣，還有些直接閃紅光、紅字的，看起來有點詭異。

「第六星區聯盟軍發送通訊請求。」蹲在一邊的領航員在潛水船系統中收到了訊息，如實傳達。

「殺掉，拒絕通訊，傳一個封殺一個。」才不想被那些「頭腦」拖延時間，琥珀再度引爆一個自己幾年前藏下的連鎖病毒，抵擋對方頭腦的逆襲，順便再把對方的病毒炸回老家。一邊炸一邊有點心痛，這次開戰對他來講也是損失慘重，很多深藏的程式都曝光了，沒曝光的估計之後「頭腦」們重整系統也會再掃蕩掉一些，他得再花時間重新布新的。

想著就有點火大，如果亞爾傑那傢伙沒有一個說法，他會保證利蒙家一整年都無法使用系統和外界正常聯絡。

「看看你們這些小丑還要再上演多少劇碼。」

留意到聯盟軍「頭腦」人數變多，一直在打速度戰的琥珀按掉手邊對方再度要求對話的傳訊，繼續讓自己的伏兵和對方同歸於盡。

浮空視窗再度有個轉為黑幕，然後被替換上另一個急速奔跑的處理畫面。

持續些許時間後，可能是其他入侵聯盟軍系統的小雜魚們發現這邊正在對戰，琥珀注意到有零星來自不同區域的冒失傢伙們闖了進來，有些誤踏他的病毒就爆了，有些好像就這樣被聯盟軍的「頭腦」給鎖定。一開始他還會稍微分心去切斷鎖定，但連續幾個之後，他就決定隨便那些人去死了。

放出的病毒瘋狂啃噬著阿德薩的主機資料，琥珀也在這段時間裡毀掉聯盟軍手上已破解的訊息，那裡面有不少是露娜和小茆幫助過的人員名單，有些轉為協助者，聯盟軍正要發布通緝，將這些人帶來查清。

「您可以使用絕對系統。」不知道切斷第幾次通訊要求，在攻防戰持續了好一段時間後，領航員提出建議，「您有權可發動紅騎士……」

「閉嘴。」

打斷領航員的話，琥珀按下最後一個按鍵。

所有視窗在那瞬間同時凍結。

「要讓他們好好唱完一齣戲，這樣就夠了。」

□

複雜的建築深處傳來緊急鳴笛。

聲音由遠至近，特殊的鳴音通聯館內所在的「頭腦」立即到某處集合，並要所有人必須做最高戒備。

上一次這個聲音響起時，據說是數年前港區的強盜攻擊事件。

正在稍作休憩的沙維斯睜開眼睛、握著長刀站起身，正好看見卡蘿從深長走廊的另一端走來。

「有高等『頭腦』正在破壞聯盟軍系統。」卡蘿畢恭畢敬地行禮後，說道：「請做好搜查到本體後，立刻捕捉或擊殺的準備。」

「……」目前在本部的核心頭腦應該有十多人吧。即使是深夜，沙維斯知道「頭腦」們是全天候待命的，只有輪班，沒有全體休息過。

如果能夠一次對抗這麼多頭腦，該不會是……

「您知道是誰嗎？」勾起不具笑意的微笑，卡蘿看著青年，「利蒙家的舉動讓我們這方有點落敗喔，若是知道，請快點提供吧。」

「不知道。」沙維斯冷冷地回以三個字，「利蒙家在這總部裡，有顧慮妳大可進去動手。」

卡蘿輕笑出聲，「這也是個辦法呢，利蒙家的接班人太礙眼了，但是估計還輪不到我們出手，『那一派』現在肯定也正虎視眈眈，第七星區催動很多事情加速，我們這些爪牙也得隨時做好準備。」

「聯盟軍的分裂和我無關。」

旋過身，對話告一段落後，沙維斯直接離開長廊。

目前在會議室的總長正和剿滅月神組織的利蒙家閉門深談，隸屬於總長下的棋子們也紛紛警備著突然有動靜的利蒙家族，就怕向來看似溫和的利蒙一族接下來會有什麼出乎意料的動作。

但是這些都和自己無關。

第六星區檯面下累積的暗鬥要分裂成什麼樣子，也不是自己想插手的事情。

他的目標很明確。

走出建築物來到深黑色天空下時，沙維斯緩緩拔出長刀。

雖然很淡，不過那絲冰冷的殺氣熟悉得無法遮掩。

「出來。」

從黑暗中，走出了幾乎是黑夜化身的身影。

這幾年來，他一直都和這名處刑者僵持不下，數度交手仍沒有結果。

「我的目標是利蒙家，不是你。」

黑色的面罩下傳來像冰一般的聲音。

「……原來破壞聯盟軍系統的不是你。」女性開口提起時，沙維斯一度以爲是眼前的處刑者。這幾年來，黑暗的處刑者曾破壞不少系統，作爲一名「頭腦」，恐怕這人也不容小覷。畢竟就自己所知，伊卡提安從未與人聯手，身邊也沒任何頭腦，完全獨來獨往。

「如果是我，就會動用紅騎士約瑟芬。」

雖然聲音很低，但沙維斯還是很清楚地聽見對方的低語，「什麼意思？」

「到那種程度，就是所有家族最好要以敬畏之心回想起最初誓言的意思。」淡漠地說完，伊卡提安踏出步伐，即將靠近建築物時，被橫出的長刀攔下。

幾乎在那瞬間，沙維斯急急收回刀鋒，在空中與高速襲來的兵刃相互碰撞，擦出雙刀聲響。

沉重霸道的力量從刀身傳來，幾乎將長刀震得脫手而出。

「我不欠你。」伊卡提安站在原地，緩緩將長刀入鞘。

「你砍下我親人的頭顱。」雖然不在意血緣，但畢竟是沙維斯曾經親近的家人。

「怒光燃燒一切時，我已償還。」

「……她到底是誰？」追尋多年的答案，沙維斯直到現在還不知那名女性的身分，但總覺得眼前的人知道，這點他從未懷疑過，從一開始就這樣覺得。

偶爾幾次，他會在女性墓前看見黑色處刑者，僅僅一瞬，對方就消失無蹤。

「你忘記的，並不只『她是誰』。」側頭傾聽空氣中的聲音，伊卡提安開口：「霸雷能力者，你擁有分辨眞面目——『眞實』的雷之能力，自己卻缺失眞實的記憶，只忘記我們、還不知從何找起，誰比較可悲。」

沙維斯瞇起眼，整個第六星區沒有人知道他的能力，頂多曉得他是「眞實」，能看透並查找能力者。這份力量是在離家後才顯現出來，比起一般能力者能力會在幼年時期

顯露晚了很多，但卻也因此沒有被家族或聯盟軍扣下。雷火系能力者都是禁忌，就算遊歷各大星區時他也很少使用，即使用了，也不會讓人看見。

伊卡提安伸出手，緩緩取下臉上的黑色面罩，接著是纏繞在眼睛上的布緞——交手多年，沙維斯第一次發現青年竟然是蒙著眼睛在作戰。

黑色布料下，鑲在白色皮膚上的眼睛緩緩睜開，湖水綠的顏色在夜空下格外刺眼顯目。

可能會有許多人誇讚並提出高價想要買下的美麗眼睛，卻沒有任何焦距。

讓沙維斯驚愕的是，在他面前的青年，面孔非常熟悉。

「吉貝娜，早已從你的生命中消失。」

□

沙維斯初識海特爾時，只覺得這個人不具威脅，是能夠放心的對象。

雖無法解釋，但好像隱隱約約也有過類似這樣的朋友，又或者是更親密些的存在。

記憶裡的空白究竟有多少，他無法完全確定。

但在看著女性墓碑時，那份恨怒的心情依舊不變。

只是當女性的名字從處刑者口中傳出時，卻又陌生得無法想起，連一絲相關記憶、印象也沒有，就好像對方說的和女性死者根本是兩回事。

「那名酒館服務員拿給你的食物中，餅乾上的紅色斑點是從母星帶來培植的洛神花，是她最喜歡的。」伊卡提安重新拉起面罩，側聽著建築物中傳來的腳步聲。果然已經發現他的聯盟軍正聚集趕往這裡。

「你到底是誰？」沙維斯握了握長刀，有點動搖地向前走了兩步，對方卻向後退開，再度被黑暗遮掩身形。

「吉貝娜，被聯盟軍奪走生命，我的妹妹。而你，奪走我的光明，和你的親族一樣選擇了棲伏在聯盟軍之下。伊卡提安爲什麼會成爲處刑者，你想過這些嗎？你問過那些，曾經認識我們的人嗎？」

「等……」

來不及阻止，那抹冰冷的氣息已經消失了。

沙維斯看著只剩陰影的黑暗，身後傳來的是大量軍人規律止步的聲音。

「伊卡提安被你害成這樣，還是對你很好啊。」

沙維斯猛然轉過身，看見的竟然是亞爾傑和他那些白衣女性隊伍，並不是自己之前所以爲的聯盟軍部隊。

「喔，我替聯盟軍省點麻煩，反正事務也談完了，就幫忙來抓一下入侵者。」亞爾傑彈彈手指，身後護衛隊很快散盡，不留一人，「你知道當年指揮官和區域長與其家族的醜聞，多得雙手都挖不完嗎。我認爲如果能找到個文筆好的人，說不定還能寫成一部書呢。」

見沙維斯動也不動地站在原地，亞爾傑笑了笑、揹著手，像是在自家散步般悠悠閒閒地輕輕踏出幾個步伐。

「據說港區海盜事件中，有人曾親眼目睹指揮官在發現罕見湖水綠後，想趁機捕捉來援的行者，好當作籌碼來向某些愛好人士換取一些支持，讓他在這次事件中能夠得到些幫助；因而殺死了想保護行者和聯盟軍基層軍人的搭檔……當然嘛，行者不敵聯盟軍人多，也是多少會受傷。後來聽說有個趕過來的能力者爆了怒光，在附近直視的人幾乎全瞎了。我想估計你也知道，剛瞎的人在戰區中是很緊張的，就算大開殺戒也不意外，

對吧。」

「唉唉，聽說能力者怒光造成的傷害是無法修復的，可憐那批近距離的瞎子們，不管是聯盟軍還是行者，至今還都摸黑生活呢……開玩笑的，他們可以用輔助儀器作爲新的眼睛；當然這部分已經被聯盟軍掩蓋了。不過其實也沒費太多工夫啦，那些人大半都已經當場死亡，就留下幾個裝死的逃過一劫。」

亞爾傑看著臉色冰冷到不行的青年，微笑地繼續說道：「你知道要拷問指揮官的心腹有多麻煩嗎，幸好在我把他的最後一隻腳折斷之前，他就都把事情說清楚了。」

並沒有應答對方所說的話，沙維斯就是直接向前走，打算離開。

「對了，我想身爲能力者的你應該也知道這件事——近距離被怒光震傷的人，通常生命都不長喔。」亞爾傑很好心地奉送這句。

眨眼後，沙維斯的身影已經消失。

「你這個人眞噁心。」

聽見後方傳來女性不屑的聲音，亞爾傑微笑地回過頭，看見一直在監視沙維斯的卡蘿就站在走廊邊。

「我剛剛和總長取得共識，沙維斯繼續留在這裡，總有一天他會知道眞相而反噬

聯盟軍──他的記憶是被聯盟軍破壞的，那些高高在上的老人家們以為切斷沙維斯的聯繫，將他的兄弟和愛人都抹乾淨後，他就能重回家族為他們所用。」不過依照沙維斯的個性，終有一天他會找到眞實，等他得到眞實後，陪葬的會是整個第六星區聯盟軍。

畢竟，沙維斯可是頂端的「霸雷」能力者。

將這些利害關係分析給總長，亞爾傑當然說服了對方放棄繼續使用沙維斯作為兵刃，「這四年，我也是花了點力氣將指揮官和區域長後面的家族與勢力掏空，這份禮物送給總長，他當然很樂意放掉沙維斯，直接將那些握權不放的老人們拉下台喔。」

「……利蒙家到底想做什麼？」卡蘿只覺得對青年的反感再高升一層。

「對我來說，對付一個敵人，總比對付兩個敵人來得輕鬆。」亞爾傑輕咳了兩聲，完全不在意女性臉上露骨的反感厭惡，「看來總長也和我有相同的見解。對了，總長託我告訴妳，妳以後也不用監視沙維斯了，他的事情現在交由利蒙家全權負責。」

「……去撿骨頭吧，豺狼。」

卡蘿丟下鄙夷至極的話語後，頭也不回地離開，深怕自己再和這種人說下去會噁心想吐。

總長的監視眼睛走遠後，白衣的女性才從暗處走出來。

「須要尾隨沙維斯嗎？」

「不，不用了，伊卡提安警告過我離他遠點……嘛，我只想拔掉威脅，既然沙維斯離開聯盟軍，總長也和我達成同盟，就不必再管他。」亞爾傑當然也是出自好心將那些遺忘的事情告訴對方，雖然遲了四年。

畢竟要剷除區域長後面家族的舊勢力也不是小工作，總是得給他點時間。

「那小茆小姐……」

亞爾傑還是微笑，「伊卡提安不會平白無故這麼多話，他現在和沙維斯攤牌……可能是認爲沒機會再說了。時間緊迫，我們先以眼下的事情爲重吧。」

至於小茆……

小茆她……

□

敲門聲在破曉之際響起。

波塞特幾乎立刻張開眼睛無聲地翻起身——這是長久以來練出的反射動作，有時在

海上要對付的可不只有海盜，不管是船員或是護船隊都要做好隨時作戰的準備。

看了眼還在睡的海特爾，他走到門邊，輕輕打開門。

「海特爾有訪客。」帕恩無聲地開口：「你一定會極度不爽。」

「……誰？」波塞特皺起眉。

「不知道該不該說是聯盟軍，他身上已經沒聯盟軍的東西了，連制服都沒。」得到守衛通報時，帕恩還很疑惑，看到人就更疑惑，「感覺好像出什麼事了。」

「沙維斯？」波塞特壓根不想再見到這傢伙。

「沙維斯怎麼了？」被聲響吵擾，迷迷糊糊醒來時，海特爾正好聽見自己兄弟訝異的低聲。

「你在作夢，躺回去。」波塞特磨著牙，腦袋裡出現十幾個把聯盟軍趕走的方案。

海特爾還真的躺下，但不到兩秒後立刻從床上跳起，整個人瞬間清醒到不行，「沙維斯在這裡嗎？你剛剛的語氣太心虛了！」

「你的敏銳度可不可以不要只出現在這種奇怪的地方啊！」波塞特真心想往自家兄弟臉上揍一拳。

連忙快速換過衣服，海特爾往愛說謊的兄弟後腦揍下去，「你竟然想趕走我的客

人，太沒禮貌了！」

「誰沒禮貌！不是說過不要和那個聯盟軍混在一起嗎！他來找你你就去啊？你當心被聯盟軍害死！」波塞特也怒了，想要揍回去時被後面的帕恩給拉住。

阻止了兄弟再度上演大打出手的戲碼，帕恩連忙打斷他們的爭執：「沙維斯在會議廳裡，好像有點不對勁，你快過去吧。」

懶得再和波塞特對毆，海特爾連忙往會議廳方向跑。

芙西裡的人原本就對他很熟悉，所以一路上遇到巡查員都沒被阻攔，通暢地直達目前閒置的空間。

一打開門，果然看見穿便服的沙維斯坐在裡頭。

「呃……」

「抱歉，我不知道現在該去哪。」離開聯盟軍總部後，沙維斯立刻丟棄所有聯盟軍的儀器與物品，找了很久卻找不到伊卡提安的蹤跡，不知不覺就往這裡來了。

「發生什麼……」見對方臉色似乎不想立刻開口，海特爾便打住問句。

雖然還是沒什麼表情，但沙維斯現在給他的感覺似乎很徬徨，與前幾次所見的沉穩完全不同；可能真的發生不得了的事情，才讓這認識沒多久的聯盟軍只能找到自己這裡

來。

海特爾稍作思考，再度說道：「我請帕恩幫你找個休息的地方好嗎？」

「不，我想請教帕恩一些事情。」

來這趟並不是要來找休息之處，沙維斯在尋找對手時也不斷思考亞爾傑的話。雖然利蒙家的繼承者經常說些令人感到不快的話，簡直像是在挑釁般，但是很顯然，青年所說的話幾乎都有參考價值，更多時候是直指事實。

他記得在進入聯盟軍之前，幾年來的遊歷大部分都是依靠芙西航行，只有少部分時間是用私船，所以帕恩等人應該能夠替他填補記憶空缺。

這麼簡單的事情，自己竟然就將自己栽在聯盟軍的手裡。

四年下來，他和伊卡提安始終沒有分出勝負，並不是因爲他們勢均力敵，而是伊卡提安放水。沙維斯自己相當明白，黑色處刑者的能力在他之上，如果不是因爲對方留手，他應該早就被擊敗，不過始終不解爲什麼伊卡提安會迴避他的攻勢。

他認爲，帕恩等人會將謎底告訴自己。

之後，他就該決定，要怎樣處置那些矇騙他的人。

第四話▼▼▼過往的存在

「失憶？」

再度被海特爾請來會議室，帕恩與隨後到來的歐斯克達聽過沙維斯大致的敘述後，紛紛皺起眉。

「難怪，該不會是被聯盟軍刪除記憶了吧？」跟著進來的波塞特原本是要把他哥給帶離，後來卻在海特爾的堅持下，只好一併留著。

「我們就覺得奇怪，畢竟你不像是會進入聯盟軍的人，這樣就說得通了……只是好歹也早點求救吧，你就只告訴一、兩個治療者還嚴守祕密，誰知道你發生什麼事，八成連治療者都不知道你喪失多少記憶。」帕恩沒好氣地直搖頭。四年前的事情之後，他們就都沒再和沙維斯接觸過，當然也沒察覺什麼失憶之類的，還以為他是和伊卡提安翻臉、發生不讓外人知道的事情。

並不打算繼續被追究的話題，沙維斯只關心自己想知道的事，「所以伊卡提安當時死亡的搭檔的確是……」

「吉貝娜，是伊卡提安的妹妹，他們兩人原本都是來自荒地之風的賞金獵人，長年移動的方式就和沙維斯你一樣，都是使用芙西，也是我們的固定乘客。」點點頭，帕恩和歐斯克達互看了一眼，繼續說道：「吉貝娜有恐水症，只要上船一定都是躲避在無窗的船艙裡，很少露面；伊卡提安正好相反，他似乎很喜歡海，所以都會在瞭望台。這點護船隊的前輩們也說過。」

「沒記錯的話，吉貝娜是很厲害的藥師，和伊卡提安是兩個滿極端的組合，副船長也常常和吉貝娜切磋藥術。」雖然是聽來的，不過波塞特還滿確定這些八卦。

「嗯，所以吉貝娜當時前來救援時，並不是來消滅海盜，而是來救治傷者，如果你聽來的情報沒錯，估計那時候吉貝娜眞的是因爲救人而死。」當年不在現場，帕恩也只能這樣推論。

並沒有告知伊卡提安已經失去視力的事情，沙維斯沉默地思考半晌，然後抬起頭看著芙西的船員們，「芙西上應該會有影像，讓我看看。」

「我去申請授權。」歐斯克達拍拍友人的肩膀，走到一邊，打開儀器連結船長，請求調閱影像記錄。

抓著下巴，在等待期間，波塞特歪頭看著聯盟軍……應該說已經不是聯盟軍了，「哇塞，你可以憋四年不吭聲，如果是我早就死抓著別人亂問了。」不知道該說是愚蠢還是毅力強。

「我一直被聯盟軍監視著。」在聯盟軍醫療單位清醒的那刻起，沙維斯就知道自己被完全監視，不管走到哪裡，聯盟軍都緊盯著他，所以他用了很多方法盡量避開能力者們的事情，要將能力者救下來也很不容易，更別說到處詢問。

說起來，上次遇到兔俠那些小孩子時，反而是最輕鬆的一次，因爲那裡的頭腦程度不錯，直接覆蓋了聯盟軍的監視，讓他不用擔心迴避。

現在，或許是亞爾傑動的手腳，那些監視已經完全消失了，否則他不會來到芙西據點。

「……伊卡提安告訴你這些事情，是不是他自己也遇到什麼困難？」海特爾想想，擔心起處刑者。

「等等。」波塞特打斷自家兄弟的疑問，突然發現奇怪點，「你說你只告訴過藥師你失憶，亞爾傑是透過拷問指揮官的心腹……那是誰告訴伊卡提安你失憶的？」

沙維斯愣了下，這才發現眞的不對勁。

他和伊卡提安交手這幾年幾乎沒有幾句對話，對方應該早就發現他失憶，畢竟在對峙時，他都用陌生人的角度觀察對方。不過一般應該會認爲是大量失去記憶，而伊卡提安昨晚的確很明白地表示「只忘記我們」，就這點來說，對方確認得也太過清楚。

「這樣說起來，他昨晚特地告訴你這些話，該不會也是這兩天才得知的？」帕恩有

點憂心，不知道是誰基於何種目的，好像都不是什麼好事，「不過，也很有可能是他自己這些年間在聯盟軍裡查到的機密資料，只能先這樣猜測了。」

還未證實之前有很多種可能性，帕恩是希望真的就是伊卡提安自己查到，這樣才不是有什麼可疑的第三者。

聽著旁人們的推測，沙維斯本身倒沒有說些什麼。

他就是一直思考，翻閱著自己的記憶。那些斷層的空白前後連結，判斷著自己當時在哪裡、做些什麼事情，還能藉由哪些地方找到消失的軌跡與身影。

「授權下來了，但船長只給我們一支片段，其他的有船客的隱私就無法提供了。」歐斯克達重新回到會議桌邊，在桌面上拉出影像，「這是約在六年前，有次芙西在海上遇到危險，沙維斯和伊卡提安都有出手的事故。」

影像開始播放時，是一片黑暗，畫面上標註的時間應該是正午，不過漫天烏雲密布，還颳著極度不自然的暴風雨，白色的航行船被某種力量推至附近小島淺灘上。

「這是在第二星區附近遇到暴雨海盜團襲擊。」沙維斯立即認出錄像，很清楚記得那天發生的事，但並不記得伊卡提安當時也在場，他的記憶中是他協助芙西護船隊一起殲滅了擁有特殊自然系能力者的海盜團。

那時，最大的功臣應該是護船隊中的風系能力者。

「那次出動了『風吼』……」沙維斯記得是頂端風系出手，所以才擊散了黑雲。

「不對，芙西上只有『操風者』，並沒有頂端『風吼』。」帕恩搖搖頭，「『風吼』是風系頂端分類中最強悍、殺傷力也最驚人的，就和雷系的『霸雷』、火系的『炎獄』一樣；但並不適合用在行船上，芙西建立至今，招募的一直都是攻守皆宜的『操風者』。」

「而且，『風吼』能力者很難駕馭，不適合團隊。」歐斯克達補上這句。

說到這個份上，沙維斯也知道他們兩個要表達什麼。

畫面逐漸清晰後，高空空間稍微扭曲了下，某種風壓自芙西船上削出，直劈盤旋在天空的濃黑色盤雲，原本正在颳著暴風雨的周遭在那瞬間潰散。

風被奪走，雨雲整片碎裂開來。

芙西船上的能力者們重新掌握了海面控制權。

黑色影子從瞭望台上落下，穩穩站在甲板上，緩緩收回沙維斯非常熟悉的長刀。

「船再搖晃下去，吉貝娜會吐到死掉。」

青年的這句話，讓護船隊與船員們哄然大笑。

沙維斯看見六年前的自己，握著長刀站在護欄上，與那些船員們一樣，同樣露出笑容。

畫面停在有些年輕的面孔上。

「……這是伊卡提安？」

看著陌生的面孔，沙維斯皺起眉。

記錄中的人與昨晚看見的不同，幾乎是完全相異的兩個人，平凡到完全不會留下印象的面孔完全不一樣就算了，連那雙眼睛都是淡褐色的，不說壓根無法想像是同一人。

「這應該不是他眞正的臉，伊卡提安好像從來沒用眞面目吧？芙西上登記的是這張臉，認證後也經過核准登船，眼睛的顏色可能也是吃藥改的，這年頭要做這些事很容易。」帕恩倒不太訝異，芙西的船客那麼多，當然有不少人基於各種理由使用不同面孔登船。

因爲見識過琥珀凶殘的手藝，所以波塞特完全不驚訝那方面的事，「又一個變態易容術。」

「聯盟軍或許可以消除檯面上所有資料，不過如果你眞的想找，類似像芙西這樣的私人資訊中應該不難找到，畢竟你與伊卡提安、吉貝娜認識了很長時間，足跡遍布各大星區，這些都是無法隱藏的。」帕恩邊說著，邊覺得聯盟軍這次眞的太陰險了，估計他們也做好準備，如果哪天沙維斯眞找到眞相，八成又要消除他的記憶……幸好現在沙維斯離開了。

……

……不，等等，或許沙維斯一直都在被消除並修改記憶，只是他本人不知道。是不是在他找到點什麼的時候，聯盟軍又從他腦袋中刪掉這些發現？所以沙維斯才以爲自己一直被監控著沒去找？

這樣，那些沒主動去找尋事實、不合理的停滯問題，好像更能解釋了。沙維斯認定自己一定要在聯盟軍中才會找到凶手，這究竟是他自己的意志，還是被悄悄植入的堅持？現在可能也很難得到答案了。

帕恩想了想，最終沒將這些猜測說出口。

「是不是能聯絡上伊卡提安，好好地將這些誤會解釋清楚？」海特爾看著這些，覺得有些難過，爲什麼一定有人要發生這種事情，只爲了那份力量嗎？

他和波塞特遭遇的痛苦還不夠，一樣擁有力量的其他人也被以不同方式受到各種剝奪對待。這全都是因爲他們的力量嗎？

那份力量爲什麼就不能單純用在「幸福快樂」上？

「伊卡提安有給芙西聯繫方式，或許可以試看看……」

正打算再請求船長協助時，帕恩未竟的話突然被一絲聲響打斷，手邊的隨身儀器與歐斯克達、波塞特的相同，都正閃爍著警戒光色。

「怎麼了？」海特爾疑惑地看著自家弟弟。

和帕恩兩人交換一眼，波塞特說道：「芙西據點被攻擊了。」警示傳來的訊息，表示有一隊人馬襲擊據點，目前衝破大門，被外頭的守衛攔下，雙方正激烈交戰中。

「我們出去看看狀況。」能突破大門就不是小事，帕恩與歐斯克達立刻雙雙起身，「關於伊卡提安……」

「回來再說。」沙維斯點點頭，目送兩名護船隊離去。

隨身儀器再度傳來外面攻勢的資訊。

波塞特看著訊息，思考著要不要出手幫忙，不過在據點休息的護船隊大多已經趕過去，顯然還輪不到他。

「小波。」

「幹嘛？」反射性嘖了聲，波塞特回過頭看他哥。

「琥珀他們回……」

海特爾正打算詢問點事情時，突然被外面傳來的騷動打斷。

幾乎同時，沙維斯與波塞特拔出武器。從波塞特的儀器上傳來了芙西的情報與緊急鳴響聲——「有數名高速能力者侵入，當中含污染者，請所有人員各自就最近位置布置防禦點。」

示警才剛傳達，會議室外就傳來突襲對戰聲，速度非常快，眨眼間逼近了門口。

「退下。」沙維斯持握著長刀，走到兩兄弟前，瞇起眼睛，在會議室大門被攻破那瞬間，刀鋒也急速橫切過第一個闖入的污染者。

顯然沒預料到室內有人速度能夠對上，後面幾人紛紛停下腳步，看著首當其衝的污染者慢慢倒在刀下。

的確，如果是雷系的頂端能力者，可能也附帶著雷閃般的速度能力。波塞特吹了記口哨，大概知道為什麼沙維斯可以獨自幹掉那麼多能力者了。

「為什麼聯盟軍的人會在這裡。」

「情報並沒有提到！」

幾名闖入者開始用不同語言交談，被保護在後的海特爾立時分辨出他們使用的話語，與之前遇到的那些人一樣，都是母星古老語言。

「離開，或是死。」沙維斯冷冷看了眼腳邊正在流出毒血的污染者，甩掉刀尖上的黑色血液，指向門外的小隊伍。

被甩開的芙西護衛兵很快追上來，排列陣勢，非常訓練有素地展開包圍。

看見沙維斯的訝異很快就平息，污染者們相互看了幾眼，瞬間取得共識，其中一人直往沙維斯正面衝去，其餘人發動疾速，三兩下從聯盟軍身邊穿繞過，直撲室內另外兩人。

到這爲止，波塞特確定這批人是衝著他們來的，就和那晚入侵佩特的店那些是同一來路，只是沒想到對方的成員竟然這麼多。

「蹲下！」將海特爾往桌下一按，波塞特抬起手，及時擋住突然來到眼前的攻擊。刀刃穿過他手臂的同時，他眉頭沒皺一下地揮動了另外一手，將短刀送進對方頸子裡。

衝進來的污染者一共七人，門邊的沙維斯已解決眼前對手，迴身甩出長刀，如同流星般飛射過來的刀尖插穿正要出手的污染者，接著雷系能力者握住刀柄，拔出刀刃，銀色刀鋒在空中劃出一道冷光，斬斷隨後到來的污染者右手，順勢轉身再往第四人身上踢去一腳，把逼近的攻擊者踹到牆面上。

所有動作大概在短短幾秒內發生，正好讓波塞特有時間抽回自己的刀，以及讓屋外的人員進來援救。

打鬥在眨眼間結束，海特爾立刻從桌底下爬出來。

剩餘的污染者被芙西的衛兵壓制了，被斬斷右手的污染者立刻被撒上凝固傷口的藥劑，止住四處噴濺的毒血。

波塞特拔出手臂上的刀，有些慶幸武器上沒有被淬毒，這種傷只要稍做治療就可以完全復元。

「沒事吧。」海特爾看著兄弟的傷口，很緊張地脫下外套，先幫對方按壓止血，然後向衛兵們要來藥物。

「小傷，沙維斯……好吧，看起來是連根頭毛都沒掉。」看著幾乎一個人擺平大半攻擊者的青年，波塞特本來好心想慰問，才發現正在甩刀的人完全沒事，「先離開這邊，會議室被血污染，得快點清除。」那些污染者的血可能帶有放射性物質，必須第一時間處理才行。

「走吧。」不在意那些污染者的來意，沙維斯抓住波塞特沒受傷的那隻手臂，在衛兵們的指示下，打算先保護這兩兄弟前往據點安全處。

「慢著。」

粗嘎的聲音從地面上傳來。

波塞特與海特爾幾乎動作一致地回過頭，看見被壓在地上的污染者正用著褐黃色的眼睛盯著他們，那張扭曲糾結的變形臉孔上帶著某種笑。

「太好了，確定目標……你們逃不掉……」

沙維斯揮出刀，瞬間將污染者的頭顱給削成兩半。

滾落的眼珠上連結著精密的細小儀器，只有指甲般大，跳動著光芒正在快速運作。

「芙西的『頭腦』立刻攔下所有傳送出去的訊息！」朝衛兵喝了聲，沙維斯知道這些人員身上一定都直連「頭腦」，「剩下的人，馬上破壞污染者身上所有儀器配備！」

沒有質疑外人的命令，衛兵們動作一致地啓動震盪儀器，急速銷毀污染者帶來的各式科技物品。

這些動作完畢後，衛兵中的小隊長走向沙維斯，有些遺憾地搖搖頭。

看來芙西的「頭腦」並未及時攔阻被發送出去的資料。

沙維斯在心中打點了下，轉向波塞特兄弟。

「你們到底是什麼人？」

□

接近中午時，青鳥等人回到了岸上。

折騰整個晚上破壞掉阿德薩的主機和聯盟軍所取得的相關資料後，琥珀讓領航員把船泊行在蕾娜提供的座標附近，直接從當地海岸邊一處偏僻無人的區域進入第六星區。

沿著岸邊走了一段，沒看見什麼村莊小鎮，一眼望去全都是些破損的前世代機組殘骸，看起來堆疊了不少，估計是堆放廢棄物質的區域。

「蕾娜小姐約定的地方大致在哪邊呢？」邊走邊把熊皮套到身上，大熊這樣問著正在核對座標的琥珀。

「快到了，我已經發信告訴她時間，他們應該會在那邊等待。」琥珀確認方位無誤，回答道。他們三人現在沒辦法快速移動，所以第二次聯繫蕾娜、約定好時間後，黑森林那邊回傳的訊息是會派出人員來接應。

果然，再走約十分鐘，遠遠就看見一名黑森林的人站在殘骸邊等待。

隱藏在大量廢棄機組中的是另一隻綠色飛行生物，接近紫櫻的大小，身上由各式各樣草葉組成。

「這是泰坦希望你先喝下、補充體力的藥物。」黑森林的成員在所有人走近後，相當有禮地從側背包裡取出一小瓶淡綠色液體，「肉眼可見的傷勢雖然能夠很快治好，但身體受到的影響還是需要充足的營養與時間才能復元。」

琥珀默默道了謝，接過小瓶子。

「小茆他們人呢？」看著黑森林的成員，青鳥很焦急地詢問。

「蕾娜小姐說，幾位可以選擇現在前往黑森林，或者由我帶你們去小茆小姐的所在地。另一位小女孩和小茆小姐在一起，她們目前很安全。」成員確認琥珀將飲品喝完後，才繼續說道：「小茆小姐目前在伊卡提安提供的庇護所，現在交由黑森林使用。」

「咦？」青鳥愣了愣。

「我們一邊移動一邊談吧，在空中會比較安全。」

綠色飛行物展翅衝往天空，確定了座標後開始順風前進。

與遠端的蕾娜回報目前狀況後，成員才將這幾日發生的事情大致描述給三人知道，包括亞爾傑帶走了阿德薩夫妻屍體。

「泰坦讀取附近植物記憶，確認亞爾傑的確殺死了阿德薩與露娜，當時屍體上已經沒有任何生命反應，同行的聯盟軍也檢視過，才讓他將兩人帶走。」成員嘆了口氣，他們完全沒料到會如此發展，「事情發生得很突然，黑森林來不及救援。」

「怎麼會這樣……」青鳥震驚得整個腦袋都是空白的。

明明前幾天分開時，小茆還那麼高興，那些解藥可以延續阿德薩的生命，還能給他們一個很美好的未來，怎麼會突然就全毀了？

亞爾傑明明非常喜歡他們的，不是嗎？

「蕾娜小姐發現自己在聯盟軍的身分也遭起底，設下的暗樁全遭破壞，亞爾傑出賣了所有人。這幾日黑森林遭到不少攻擊，雖然泰坦的力量暫時能全數壓制，但是……」成員不自覺地嘆口氣，「我們直到現在還不明白。」

「畢竟他是聯盟軍，原本就是敵人。」琥珀冷哼了聲，「與其絞盡腦汁去想他的目的，不如馬上將他列為敵人，徹底防範。」

浪費時間在那邊想有的沒的，還不如立刻排除此人，列為極度危險，分辨什麼的，就等全部人員都安全之後再去討論吧；眼下，亞爾傑的確已經是大敵。

「在下還是不認爲亞爾傑會做這種事。」大熊也很難形容自己的感覺。他對青年的印象一直算好，從未感受過對方有什麼危險，那人確實是很眞誠地與阿德薩等人相交，被小茆揍、在說笑時也都很純粹，無任何惡意。

「我也是……亞爾傑一定有什麼苦衷……」但青鳥還是無法想像那個人會下殺手。

就在眾人各自安靜思考著，不知不覺，飛行生物已經逐漸接近座標位置。

遠遠地，青鳥很清楚看見一座深山小村莊。

這讓他很意外，因爲說到伊卡提安的庇護所，就會想到可能是什麼超級隱蔽或是特殊到讓人吃驚的祕密基地之類的，沒想到竟是一座普通到不行的小村。

黑森林成員給了他們一組地址，將飛行生物停在村莊附近，讓他們自行步行前往。

揹著大熊走入小村後，青鳥才發現村裡的人其實沒有自己想像的多，由天空看下來約二、三十戶的民房，其實有不少都是空屋。發現外人進入，村裡小心翼翼探頭查看的大多也都是老弱婦孺，沒見到什麼成年男性。

沿著街道，他們很快找到了地址，且大老遠就看見庫兒可站在外頭。

一看見認識的人，庫兒可立即拔腿衝出會合。

「你們也來太慢！可惡！」

見女孩還有精神抱怨，也沒受什麼傷，琥珀直接按著小鬼的腦袋往旁邊推開。稍微打量了下，女孩身上的衣服都換過了，還算乾淨可愛，估計是這裡的人幫忙照顧。

「不要弄亂頭髮。」連忙把琥珀的手揮開，「隔壁的姊姊才剛幫我綁好。」

看著女孩的短頭髮上果然有一點髮辮，琥珀聳聳肩。

「這裡是……？」看著附近躲在建築後的婦孺，青鳥有點疑惑。

「聽說是四年前一些港區什麼受難者的遺孀還啥東西，有聯盟軍的，也有能力者的，這塊地好像是伊卡提安的資產，每個禮拜都有人會配送物資進來。」這幾天庫兒可和其他人稍微聊過，大致上知道一些，「還會安排出去上學和上班，留在這裡的會做手工與配送車做交換生意。」

「原來如此。」剛剛在路上的確有聽黑森林的成員說轉交給他們使用，看來之後這些應該會是蕾娜負責發派了吧。青鳥左右看了看，沒看見小茆，「小茆人呢？」

「這個……」庫兒可有點猶豫。

就在女孩支支吾吾之際，後面的小屋子傳來些聲響，接著門打開了。

「小月光？」

誰是小月光！

反射性想罵出口時，青鳥才發現走出來的竟然是黛安。

「什麼都別說，先進來吧。」

黛安指指身後的門。

青鳥很快就見到小茆了。

但他一直以爲在第四星區分別之後，下次再見的會是很快樂的小茆，還可能會亂抱他嚷嚷解藥成功，未來要怎樣怎樣之類的……

坐在屋內的小茆，是他完全沒想過的樣子。

像是褪色般極度蒼白的頭髮與面孔，原本一雙漂亮的棕色眼睛染得像是血般的紅，低垂著看著地面，絲毫沒有情感起伏，還未換下的衣服上沾染了已經變爲深色的斑斑血跡。

以女孩爲中心，纖細的身軀底下凝結冰霜，散著冷霧的薄冰覆蓋了大半屋內地板。

「她還沒解除極端能力。」從青鳥的背後跳下來，大熊向前走了兩步，突然無法再移動了。低頭一看，發現腳掌已被冰霜凍結，只得加快脫下外皮，退回原位。

「這幾天都是這樣，從清醒之後不管怎樣勸，她好像都沒聽進去似地，一動也不動，更別說吃東西了……伊卡提安讓我們不要接近她，說能力者在極端狀態下不管是誰都會攻擊。」黛安看著依舊不動的女孩，嘆了口氣。

青鳥和琥珀互看一眼，然後用力呼吸了下，向前踏出，「小茆……我過去囉？」

「學長……」

「沒關係。」青鳥拍拍琥珀想阻止的手，看著腳邊爬上的冰霜，然後抬起腳，還未凝固得很完全的薄冰細細地掉落；第二步踏過去時，咬上來的冰便吃得更緊，想要再向前時已經無法移動，「小茆，有點冷……」

冰冷的空氣像是有生命般從鞋縫鑽進，青鳥開始感覺腳趾麻木了。

似乎對青鳥的話有反應，原本沒有動靜的小茆輕輕抬起手指在空氣中劃了下，散去凝結到青鳥膝蓋的冰霧。

青鳥有點鬆口氣，連忙繼續往前走，直到在女孩面前停下，然後伸出手，捧住對方蒼白冰冷的漂亮臉孔，「我們回來了。」

眨了眨血色的眼睛，小茆直直看著靠近自己的人。

「露娜沒了……沒有了……」她不知道複製體爲何還會在這邊，本體不在的話，那所有相應的存在都不該存留，沒有存留的意義。

「我們回來了。」青鳥重複剛剛的話，直視著那雙紅色眼睛，「我陪妳一起去找露娜，還有阿德，找回來。」

其實他本來也不知道該講什麼，但是站在小茆面前，突然浮出這樣的念頭。

「一起去把他們找回來。」

即使眞死了，也一定要把屍體帶回來。

小茆看著青鳥，眨眨眼睛，「嗯……」

看著血色逐漸退去，直到恢復成漂亮金棕，長髮也再度染回原本好看的色澤，青鳥鬆開手，牽著對方站起身，離開椅子，一切動作自然得好像原本就該這樣。

確認小茆完全收回能力後，黛安才小心翼翼地上前，「我幫妳準備了衣物和飯，稍微整理下吃個飽，大家再一起商量接下來要怎麼做吧。」

緩慢被動地點點頭，小茆抱住青鳥，慢慢轉身往樓梯走去。

沒有任何反抗，青鳥讓對方挾帶著。

「我去熱吃的。」幾天下來，庫兒可熟悉了環境和打雜，一溜煙就往後面廚房跑。

小茆離開後，屋裡的冰霜逐漸退去。黛安稍微擦拭濕潤的地面後，才把家具恢復原位，「幸好她還聽青鳥的話，再晚幾天也不知道她的身體受不受得了。」

「極端能力可以維持身體一段時間，不過很危險。」大白兔撿回熊皮，幫忙將沙發推回牆邊，說道：「越晚解除能力，崩潰得越嚴重。」

「聽起來你好像也發動過極端能力。」站在一旁的琥珀隨意開口。

大白兔轉過頭，點點頭，兩根耳朵跟著前後晃動，「不瞞你，在下的確發動過，持續了大約二十日左右。」

「……所以這就是你現在變成這樣的原因？」琥珀眯起眼，看著雪白的兔子布偶。

大白兔沉默半晌，安靜得琥珀以為問了對方不願回答的事，正想叫他不用回應時，布偶便傳來聲音：「或許有點關聯，但並不是因為極端能力造成的。」

大白兔頓了頓，繼續說道——

「在下，當時便已經死了。」

碗盤破碎的聲音從後方傳來。

琥珀與黛安立即被驚動，轉過頭看見庫兒可震驚地瞪著大白兔，手上原本端著的托盤早就落地，盛著稀飯菜肉的碗盤碎了一地，食物打翻得到處都是。

「所以你眞的是鬼！」庫兒可發出尖叫。

「……他是開玩笑的。」直接一句堵掉小女孩的鬼哭神號，琥珀朝大白兔使了眼色，將話題留到私下時再說。

黛安直接把抹布按在庫兒可手上，指指地上的狼藉。

「可惡……」庫兒可開始擦拭地板。

就在撿起第一片碎片時，門外再度傳來聲響。

輕輕敲叩了兩下後，木門旋即被打開，黑色人影就站在屋外。

「伊卡提安。」立即認出屋主，黛安輕輕地點頭行了個禮。

分辨出屋內多出的其他人，伊卡提安側聽著樓上傳來的聲響，「準備好，晚上去黑森林。」

丟下這段話後，黑色的能力者立刻轉身離開。

接下來就是一連串整理準備。

清洗、更衣完畢的小茆抱著青鳥下樓，還是很沉默、什麼話都不想說，只有些被動

地一口口吃下庫兒可幫她重新預熱好的飯菜，之後便聽從青鳥的建議閉上眼睛，在沙發上稍作休息。

趁著空檔時間，幾個人各自準備與點算行李。

琥珀等人的物件不多，就是帶來的背包。黛安也沒太多東西，當天遭到攻擊後，動力車等物也都已經丟失了，身上一些物品是在這座小村重新添置的。反而是庫兒可的東西變得不少，包裡滿滿都是小村子人們送給她的小東西，有髮飾有手帕，還有兩件看來有些陳舊、但整理得很乾淨的小洋裝，已經被修改成合適女孩的尺寸。

「這是附近人送的。」庫兒可很珍惜地摺好洋裝、收進包包裡。她還在故鄉時，家裡的人都不見得對她這麼好，能有沒破洞的衣服穿就該偷笑了，別說是有款式的洋裝，根本是想都不敢想的奢侈品。

要去服務客人時所穿的那些衣服也不屬於她，所有美麗的裝飾都相當短暫，等到客人碰完她、放下錢，所有一切都消失不見。

「等到所有事情結束、回到店裡，我給妳做一套專屬於妳的衣服。」雖然不是很明白女孩的來歷，但看她發自內心慎重地收起別人穿過的衣物，黛安不自覺就說道：「上面還要縫上緞帶，我店裡最好的緞帶。」

聽著，庫兒可臉都亮了，「約定好了喔！不可以反悔！」

「當然。」

見黛安與庫兒可說說笑笑的，琥珀就放心讓女性去處理小野貓的事情，估計那隻小野貓以後會變得比較像正常女孩吧。

「眞希望所有的事情快點結束。」

庫兒可打從心中這樣期望。

黃昏時，所有人已經整裝好，在村外等待。

再度從黑暗中走出的伊卡提安後面跟著兩名黑森林的成員與其飛行生物，其中一人就是送青鳥等人過來的那名青年。

「蕾娜已經在等待幾位了。」青年和同樣領著飛行生物的同伴說道。

「你們先走。」並不打算同行的伊卡提安按著長刀，從空氣中感覺出遠處飄來的不善敵意。

青鳥也不敢講什麼，連忙拉著小茆和自家弟弟上飛行生物。

黛安與庫兒可在另一人幫助下也搭乘到半植物的微妙物體身上。

正想跟著往上跳的大白兔停下步伐，有些奇怪地甩甩腦袋，他聽到某種嗡嗡聲響，感覺不太對勁。

「大俠怎麼了嗎？」青鳥發現對方的異狀，滑下生物背脊。這狀況讓他突然想起上次被干擾那時，大白兔僵死好幾天。

「在下……無……礙……」

話還未說完，大白兔突然整隻停止動作，啪嗒癱倒在地。

「怎麼了？」庫兒可被嚇了一大跳，也急忙跳下來，很擔心地抱起已經不會動彈的大布偶。

青鳥不很確定是否和上次情況相同，只能先說：「可能有什麼能力者在干擾……」

「『調魂』恢復需要時間，先離開。」抓住小女孩手上的布偶，伊卡提安連人一起扔上飛行生物，接著抽出長刀，轉向已經逼近的大量氣息處。

兩名黑森林成員看狀況不對勁，在所有人坐好後，同時讓飛行生物離開地面，急速遁入黑夜之中。

地面上的交戰在數秒之後開啓。

眼下他們是沒辦法回去幫忙了，青鳥看著被層層雲霧隔離的下方，只能相信伊卡提安超強的實力。

畢竟混到一線處刑者肯定也不是什麼好惹的角色嘛……

「走吧，前往黑森林。」

第五話▼▼▼朋友？

重返黑森林時，雖然已聽說最近聯盟軍又開始與黑森林對峙，不過青鳥原本還以為就像之前一樣，隨便打打裝裝樣子，然後撤退。

——很顯然這次不是。

在黑森林入口外圍布滿許多聯盟軍潛行隊伍，而森林通道也不像先前青鳥所見般開敞，出現了許多非常不友善的針刺厚葉植物作為屏障，有些高度甚至達到十幾層，將攻擊者完全排斥在森林之外。

隱隱約約，能辨識出空中還有不少蚝正在來回飛舞，監視外來人類。

「聯盟軍同時圍剿三大處刑者嗎？」看樣子他們僵持也有一小段時間了，青鳥抓抓黑森林成員的斗篷，問道。

「看來的確是如此。」成員離開時也看到即將和伊卡提安起衝突的小部隊，這樣就不是特別針對月神了，而是第六星區排首的三名處刑者都遭到計畫性的攻擊。

「奇怪了，第六星區的能力者原本和軍方維持著和平的相處模式啊……」握著小茆的手，青鳥可以感受到對方瞬間爆出的憤怒。

「蕾娜小姐待會兒會與各位……啊。」止想先提一下稍後事宜的成員很快中止話語，險險閃過擦身而過的巨大發亮物體，接著吹記響哨，不遠處的另名成員也停下飛行

生物，改在原位定點滯空。

原本黑暗的深夜空間出現了數條亮藍色光線，從聯盟軍部隊中彈射而出，高高地射過植物牆，尾端拉著像流星般的線光落在森林裡，引起黑森林內的動物一陣驚慌亂竄。

幾次射擊後，外牆很快便被拉出網狀藍光，包覆住那些阻隔植物，開始將其分割。當中繼續追加的幾枚藍光彈差點打中夜空裡匿跡的乘載飛行生物。

「我來吧。」琥珀瞇起眼睛，打開隨身儀器，瞬間入侵下方的部隊核心，癱瘓要繼續擊發光彈的機組，順勢也關掉正在切割植物的那幾枚。

顯然頭腦的攻擊讓部隊有些措手不及，引起些許騷動，但很快便訓練有素地安靜了下來。

雖然暫時解除前方所有機組，不過琥珀也知道不用多久，就會有新的繼續遞補。

就在考慮要破壞附近一帶所有系統連結時，黑森林裡突然傳來異響，即使是深夜，還是能看見森林深處有大量的虻衝出天空，黑壓壓一片繞空盤旋。

幾乎同時，所有人的儀器都接到了聯盟軍頻道傳來的訊息——

「黑森林請勿抵抗，否則視同挑釁開戰。」

「誰先的啊！」成員很憤怒地罵了句：「明明知道綠能力者在這裡才能有純淨無污染的生存空間！」

琥珀捕捉著所有連結，發現黑森林裡的「頭腦」們也沒閒下，正在加快速度破壞聯盟軍帶來的所有機組，同時抵禦聯盟軍「頭腦」的入侵攻擊。

有些訊號無法清查，估計是使用某種植物傳遞，那些特異的襲擊讓聯盟軍幾乎快要反應不來，各式各樣大型機組陸續失去動力。

看來黑森林的頭腦群也不是省油的燈，能在其他星區布下自由使用的聯絡網果然有其厲害之處。琥珀乾脆樂得省事，暫時不插手，讓黑森林壓著聯盟軍的系統打，順便入侵一下聯盟軍的獨立頻道，把對方的即時情報下載一份。

就在蚔的數量多得快要覆蓋天空時，巨大的植物長龍從黑森林直衝出，像是銳利的劍般劃破黑暗。

青鳥立刻認出那是天風，屬於泰坦的巨型飛行生物。

聯盟軍的人也發現了天風。銀綠色的長龍盤繞夜空，蚔群就像拱著領導者般在四周飛舞，形成漩渦般的奇特保護景象。

「泰坦不在上面，暫時沒必要怕那玩意。」

「先啓動還能動的機甲，試試看把那些東西打下來。」

「派遣自然系能力者部隊，拿下怪物，就等於折掉泰坦的手臂。」

「那些蚝離不開森林，先以大隻的爲首要殲滅目標。」

軍方頻道快速交換各種意見，很快統合了進一步攻擊動作。

「琥珀……」同樣聽見那些討論，青鳥回過頭，正打算找弟弟幫忙黑森林時，旁邊的小茆突然鬆開手、站起身。

月神的光芒柔柔淡出。

「小茆，不要衝動。」

蕾娜的聲音從儀器中傳來，清晰地傳入小茆耳裡，「讓妳的身體好好休息。」

小茆看著儀器，不是很了解蕾娜的意思。

正想不顧一切出手毀掉聯盟軍攻擊部隊時，天空再度起了騷動。

原本明顯改變的風壓在聯盟軍能力者指揮下、正要攻擊天風時，黑森林裡又衝出更多東西，速度極快，割裂風暴，衝潰能力者們組織起來的襲擊。

那是許多的植物鳥隻，有些降落在外圍，散開來，拉出藤蔓形成更多防禦網，加固被切損的防禦植物，接著炸出大量綠色霧氣，瀰漫外圍，讓聯盟軍部隊陷入迷霧中。顯然這種綠霧還有其他效果，數名聯盟軍接連倒地失去意識後，他們急忙開啓防護機組，試圖排除越來越濃的霧。

趁著空檔，帶著青鳥等人的黑森林成員抓緊機會驅使飛行生物避開空中幾名夜魅，進入黑森林空域。一進到黑森林，許多的蚍便飛過來攔截想跟上的夜魅，將聯盟軍能力者再度逼回外圍，不讓她們越過雷池一步。

飛到天風底下時，青鳥看見大型飛行生物身上開始散出像是雲一樣的蒸氣，淡綠色的雲逐漸包覆黑森林，同時也催動更多植物生長，將原本的樹林通道全部遮蔽，讓外來人類無法在森林裡自由移動。

最後，他們順利進入森林之王組織。

□

「這是怎麼回事？」

一進到古樹大廳，青鳥看見蕾娜，連招呼都來不及打便趕緊問：「聯盟軍……？」

「突然單方面對處刑者開戰，我們正在徹查是哪個家族領首。」像是知道對方會這樣發問，蕾娜依舊保持著原本的冷靜，完全沒有爲外面的事、或是露娜的不幸動搖，「希望不是利蒙家。」

「我要毀滅整個利蒙家族。」

青鳥訝異地看著身邊的小茆。出發之後，小茆幾乎一句話也不說，只一直抱著自己，現在一開口就是充滿怨恨的話，漂亮的小臉上只剩下讓人發寒的憎恨，不再像以前一樣帶著淡淡的笑意了。

「尤其是亞爾傑，我要親手挖出他的心臟。」

小茆直直看著和露娜一樣面孔的女性，冰冷地說著：「我要將那顆黑色的心揉碎到任何儀器都無法復原。」

失去本體後，她已經沒有生存意義了，現在只剩下恨意驅使複製體繼續行動。

蕾娜看著女孩，明白現在說什麼對方都聽不進去，只能與黛安交換一眼，然後淡淡點了頭，「我們會尋找讓妳和亞爾傑面對面的機會，但是妳一定要讓他先說完理由。」

「不需要……」

「小茆。」青鳥握住女孩的手，很認眞地看著她，「就算要殺死亞爾傑，妳也要先聽他講完，可以這樣答應我嗎？」

咬著下唇，即使再不甘願，看著青鳥，小茆還是嗯了聲，算是答應。

「欸欸，兔子還是不會動耶。」抱著大白兔的庫兒可在短暫幾秒安靜中插話進來，搶時間說道：「眞的沒問題吧？他這樣眞的沒問題吧？如果再也不會動怎麼辦？裡面的人安不安全啊？」

被伊卡提安扔上飛行生物之後，她一路緊抱著布偶，就怕一個不小心掉了還是怎樣，緊張了大半天也不見兔子恢復原狀，就好像眞的變成普通布偶，完全喪失先前的生命力。

「上次是因爲能力者的衝擊……攻擊伊卡提安的那批人裡面可能有『調魂』？」青鳥也覺得有點怪怪的，轉向正在收集資訊的琥珀。

「第六星區的聯盟軍內並沒有『調魂』。」站在一邊的蕾娜說道：「至少在我職務被解除之前，都還沒有這個情報。」

「那就奇怪了……」這麼一說，青鳥也開始有點不安。畢竟他們不知道大白兔怎麼會變成這樣，如果真的出問題，恐怕不是他們能夠解決，「可能得問問看黑梭。」

「咦？」蕾娜愣了下。

「兔俠組織發生事情嗎？」注意到女性瞬間的訝異，琥珀皺起眉。

蕾娜點點頭，不打算隱瞞，「是的，從前日起就無法聯繫上，我們設置在那邊的人員也斷聯，黑森林的『頭腦』們正在使用其他方式嘗試恢復通訊。」

「被強盜團攻擊嗎？」青鳥很錯愕。

「這點還須要確認。」蕾娜與其他人一樣還不知道情勢，「最壞的情況是遭到襲擊，即使如此，我們在這裡也幫不上什麼忙，依舊必須以保護黑森林作爲第一優先。另外，藤也是黑森林數一數二的好手，長年在第七星區，他懂得如何應對事故。」

「唔……」雖是這樣說，青鳥還是無法完全放心，恨不得能馬上就到第七星區看看狀況。

一旁的琥珀稍微思考後才開口：「兔子的斷聯說不定和黑梭那邊有關。」

「會嗎？中間隔很遠耶？」青鳥不認爲那個調魂可以橫越整片海洋，攻擊到第六星區來。

「我不是指布偶體，而是兔子的本體。」琥珀頓了頓，繼續說道：「調魂寄宿一定

要有基礎本體，他們無法使用死靈。」雖然早先兔子說他死了，但就「調魂」的能力來看，歷史上沒有任何調魂能驅動亡者，有嘗試也沒成功過，更別說還使用了長達兩百年之久，這是不可能的事情。

所以兔子肯定有一個本體，「調魂」以那個本體為基礎發展成他們所見的兔俠。那個本體估計深藏在第七星區。

「這樣就有可能，如果是本體遭到攻擊，的確有可能解除聯繫。」黛安點點頭，「也或許是那名『調魂』被襲擊，你們見過兔俠組織的調魂嗎？」

包括青鳥在內的幾個人紛紛搖頭。

黛安想想，說道：「看來，不管如何緊急，還是得先等到黑森林重新取回聯繫才能得知狀況。眼下必須先著重在第六星區，聯盟軍突然一口氣對處刑者們出手不是什麼正常的事。」尤其是那個亞爾傑，他們實在想不出什麼原因會讓青年突然翻臉不認人。

「蕾娜小姐。」

一名黑森林成員打斷幾人的交談，急急忙忙地示意所有人看向專屬頻道所發來的訊息。正在監督整座黑森林狀態的頭腦們傳來緊急消息，讓黑森林的人都注意。

「偵測到天空中有非自然物體存在。」

「能力者嗎？」蕾娜打開通訊窗，出現了黑森林的即時鳥瞰監視。

黑壓壓的天空下，只看見天風的綠霧包裹著整座黑森林，以及被隔離在外、目前毫無動靜的聯盟軍部隊。

「不，不是，我們認爲看起來比較像——」

頭腦們話還未說完，不屬於自然任何一物的聲響就透過監視畫面傳進了黑森林內。挾帶極不友善的氣勢，異物緩慢自覆蓋著的夜雲穿出，露出前端流線型的金屬特有光澤。

飄浮在整座森林上的天風瞇起眼睛，直直盯著飛在自己正上方的人造物。

「飛行器。」

看著影像中的高空機組，琥珀嘖了聲：「從武器庫裡弄出來的嗎……」雖然武器庫被高熱熔解，但前世代的技術早能有效抵禦高溫，飛行器受到保護且能完整無缺倒也不讓人意外。

「這個也太誇張……」青鳥張大嘴巴，看著沒想到會出現的飛行器，先前所有不愉快的記憶衝上腦袋，讓他得立刻將那些事情壓下、不再深思，才能繼續讓自己維持若無其事。

「泰坦呢？」小茆沒有看到黑森林的主人，轉頭詢問。

「……」先讓附近的成員進行防禦，等人走得差不多後，蕾娜才嘆了口氣：「早先與聯盟軍起衝突時，泰坦已壓制過一次，原本應該沒問題，但我們發現森林裡出現污染源時已經來不及了；有某種不明的污染源感染了一部分樹林，泰坦把污染排除後，現在正在重新調整身體。」

其實，綠能者真的沒有外人所想的那麼強悍，反而很脆弱。

大多綠能者很難在城市裡生存，他們必須倚靠植物調節身體，越接近純淨空氣與綠色植物，越能發揮原本的力量，這也是在黑森林成立後，快速吸收到相關成員的理由之一。

正想說點什麼時，小茆猛地向後一揮拳，卻直接落空，擦過她身體的黑色影子像是鬼魅般毫無預警地出現在眾人面前，就連速度快的青鳥都沒察覺。

「飛行器不是問題。」

處理掉攻擊者趕來的伊卡提安，直接面向蕾娜，「黑森林有留存的必要。」

「那就麻煩你了，我請泰坦專心保護黑森林。」雖然有點訝異這個人可以接二連三地無視黑森林防衛來去自如，不過蕾娜知道對方沒有敵意，甚至是友方，便放心地編列人員安排事務，讓所有人能夠配合泰坦，不讓他們的根受到傷害。

青鳥愣愣地看著黑色能力者轉過來，看向他們——應該是說只看向琥珀。

「請求授權紅騎士約瑟芬。」

□

第七星區

數日前，在第六星區還未有動靜時，藤與曼賽羅恩回到了臨時據點。

這是黑梭認識的人提供的，聽說好像以前是同村的友人，在事故後好不容易站穩腳步，在別的村子開了些連鎖小店，其中一間就贈給黑梭作爲使用。

第七星區鎖區內亂後，普通百姓雖然還不曉得強盜團正在取代聯盟軍，但也隱約嗅

到不對勁，紛紛躲避紛爭，盡量將自己關在屋內，等到所謂的「安全」底定。

「黑梭還眞慢。」曼賽羅恩看人還沒回來，將隨身的武器一一放置在桌面上，開始清整。

看看時間，已經過中午了，北海也有些擔心，不過他沒收到求援，看來應該暫時沒出什麼問題，否則會發給他緊急訊息。

直到下午三點多，據點外才傳來有人靠近的警示。

接著，晚了許多的黑梭開啓授權後進入。

「發生什麼事了？」看到人回來，屋裡的幾人都鬆了口氣，北海連忙追問。

「喔，抱歉，我先把傷患安排到藥師那邊，因爲附近還有很多強盜團的人，所以就沒開儀器，避免被偵測。」這幾天他們行動都不太開儀器，畢竟強盜團弄來太多東西了，還無法完全探知科技底細，能小心自然就是小心，不過也會變相失聯，黑梭有點抱歉地說著：「比預計還花時間。」

「你還有什麼認識的人？」北海有點不太高興，因爲友人出去時並沒有交代得很清楚。就他所知，認識的朋友、包括各地協助者在內，早就都已經送到暫時安全的所在，應該沒有這麼臨時的人才對。

黑梭抓抓頭，想著該怎樣講才不會惹惱對方，「你記得青鳥他們有個學長叫柏特吧，去過之前的店裡幾次。」

「……你去救聯盟軍？」北海現在是眞的有點火了。

「他傳訊息到之前給他的聯絡方式，狀況很危急，畢竟也是青鳥他們的學長，我想還是幫忙確保安全比較好。」柏特這個人也不壞，黑梭覺得第六星區的沒事捲入第七星區裡也有點倒楣，所以才想去求救地點看看，出去時就怕北海反對，故意不明說。

果然現在一講，北海就擺出不爽的表情了。

「聯盟軍的死活不干我們的事。」北海兩方都很討厭，現在強盜與聯盟軍正在互噬，他其實還滿高興看到兩方死傷慘重。這場檯面下的爭奪死越多越好，如果不想顧及那些被剝削的百姓，那百姓也不須擔心聯盟軍的死活，反正被誰統治都一樣，狀況不會變好。

「至少是認識的，能做到的範圍裡，還是不想見死不救。」黑梭搖搖頭，他當然曉得北海很仇視聯盟軍……應該說當年從村裡出來的人都很仇視強盜與聯盟軍，尤其是知道眞相的人。

「既然都已經救了，再爭執也只是浪費力氣。」曼賽羅恩在北海發難前先開口阻

止，「一共救了多少人？」

「柏特和他第六星區幾名同伴，約莫四、五人吧，其餘的聯盟軍，我到場時已經被殲滅了，他們幾人是靠著柏特的能力活下來的。」黑梭頓了頓，原本想再開口提另一件事，但看見北海有點不以爲然的表情，他想想，又把話給吞回去。

「有什麼要幫忙的嗎？」坐在一邊的藤留意到對方瞬間的微妙反應，問道：「受傷的話……」

「不，他們沒受傷，我只是還有點事情想問柏特，才會安置他們。」接過曼賽羅恩端來的麵包與茶水，的確也餓了一整天的黑梭先吃幾口塡補肚子，再繼續：「還記得芙西在港區的事情嗎？」

「……芙西被攻擊衝出那晚？」其實那晚不只芙西，許多人都被機組攻擊了，強盜團大量替換人手也是從那天開始。北海事後在聯盟軍裡掏出許多訊息，那晚之後聯盟軍去過芙西據點，不過據點撤離得比他們想像的還快，聯盟軍到達時，據點早就人去樓空，到今天聯盟軍都還沒找到他們的去向。

「嗯，我很確定柏特那晚也在港區。」透過那些風，黑梭的確嗅到熟悉的氣味，但他無法確認柏特出現在那邊是因爲協助聯盟軍撤離，或是幫忙聯盟軍襲擊芙西。

爲了青鳥與琥珀的安全，他認爲應該得釐清這件事。

「難道第六星區也有牽扯在內嗎？」曼賽羅恩皺起眉，覺得這不是好消息。

「希望沒有。」

黑梭勾起微笑，試圖讓自己不往那邊想，他們現在要對付的敵人已經夠多了，還隨時得轉移陣地。這時就很慶幸琥珀之前幫他們重組主機，讓他們現在移動方便很多，還可以第一時間重新架設，不用再像以前一樣得拖長時間大搬家。

暫且放下柏特的問題，接下來曼賽羅恩將昨夜瓦妮莎的話語告知對方。

「這就奇怪了，到底是什麼利益可以讓那些有權力的家族冒險協助強盜團啊？」

聽完後，黑梭也有相同的疑惑。畢竟朱火強盜團是七大星區都頭痛的對象，而且還很難剿滅，要吸收正派家族其實是難事——大部分能叫得出名字的家族都不想與朱火扯上關係，這和一般強盜團做生意或勾結的程度不同，眞要出事，陪葬的是整個家族。

「……」

「怎麼了？」看旁邊的藤露出思考表情，曼賽羅恩問道。

「那時候，她的確說了要拿回『控制權』，但是就大家所知，現在這個星球所謂的『控制權』應該是在七大星區的人類手上，還有消除莉絲……」藤越想越覺得不對，

「難道莉絲並非像聯盟軍所說，是因爲戰爭衍生的污染產物？」

被這樣一說，曼賽羅恩與黑梭也皺起眉。

「該不會莉絲其實是人爲產物？」黑梭實在很不想這樣猜測，但說不定眞有這種可能性，畢竟所有事情都是聯盟軍告訴他們的，他們的認知全來自於聯盟軍，可聯盟軍告訴他們的不一定是眞實——這點不管是哪個處刑者都非常有體悟。

「這星球用戰爭掩蓋了什麼？」

曼賽羅恩開始覺得那場戰役其實根本沒有結束。現在還在進行，只是星球上的人們看不見。

□

闔上手上的書，房間太過幽暗，不適合閱讀印在紙張上的黑字。

柏特將充作房間裝飾的古老書本放回書櫃原位，然後倒回有些泛黃的床鋪上。他試圖將房裡的光源調亮些，不過老舊的民營旅館顯然沒太多資金更換這些機具，肯定有兩百年使用歷史的燈具不但不亮，反而更黯淡了。

「這就是它的極限了，再調也沒辦法，從我知道這家店開始，他家的燈就一直是這樣要死不死的，也算個特色。」

柏特坐起身，看見趴在窗戶外的黑梭，青年笑了下，從窗外翻身跳進。

「抱歉啦，強盜團巡守得嚴，我想盡量避免走正門，以防被發現。」黑梭拍拍衣襬，接著從背包裡取出些食物，「你自己有管道可以回第六星區嗎？」

「可能沒有。」柏特搖搖頭，「畢竟現在第七星區封港。」

「也是。」想想對方是正規軍方家庭出身，估計不會使用類似處刑者的管道，黑梭將食物交給小孩子，逕自坐到旁邊的空椅上，「我也暫時無法把你送出去。」

柏特點點頭，吃起了對方帶來的麵包。

「所以聊聊？」黑梭環著手，等待回覆。

「例如？」

「你什麼時候知道我是兔俠組織的人？」黑梭並不打算拐彎抹角浪費時間，直接開口：「你向我求救時，根本已經曉得我們的身分，包括青鳥他們在做什麼，你都有個底了吧。」

「……」柏特吞下口中的食物，慢慢收起手上麵包，很仔細地放在桌上，「瑞比特的事情我大致可以猜得到；既然學弟他們是瑞比特，那稍微推測就能知道你們是兔俠組織。」畢竟瑞比特的出現就是救援兔俠，這點很好確認了。

總覺得對方這麼誠實好像哪裡怪怪的，黑梭抓抓後頸，繼續問道：「那麼芙西衝出那晚，你的確也在港區協助聯盟軍攻擊，對吧。」

「我這邊收到的情報是芙西船上有極度危險之物，第七星區希望暫時扣押芙西船體，但遭到強烈反抗；加上那晚機組的事故，只好先強行突破。正好我原本就在港區協助，所以這裡的長輩也讓我使用能力幫助聯盟軍。」相當誠懇地回答對方的問題，柏特完全不迴避對方的探問，「所以答案是『沒錯』，我的確協助聯盟軍攻擊芙西。」

「呃……」黑梭一時不知該講什麼了，他本來還在想要怎樣逼問這小孩吐真話，沒想到對方三兩句全承認了。

「但是和布蘭希統帥一樣，現在我也遭到強盜團攻擊，只能脫離聯盟軍，尋求能力者幫助。畢竟第七星區已經不是聯盟軍控制了，對我們來說都很危險。」

「這也是……」黑梭算是同意小孩的說法。布蘭希也做過同樣的事，但當時琥珀他們晚了一步，並未順利幫忙到對方。現在那名女性統帥就和其他聯盟軍一樣消失不見，他們到處查找下落時也沒見到她，無法確認生死，「算了，你就先在這裡待幾天吧，如果能弄到船，我再想辦法把你送回第六星區。」

好歹也是青鳥他們的學長，黑梭想著也欠兩個小孩不少，起碼能幫得上這點。

不過北海聽到要幫聯盟軍肯定會怒到爆。

「琥珀學弟應該很安全吧？」並沒有在對話結束後繼續使用食物，柏特先詢問另外的事。

「嗯？怎麼突然這樣問？他回第六星區了啊，肯定比你安全很多。」黑梭透過連線，輾轉知道青鳥等人又去了第四星區，不過這些事沒有必要告訴不相干的人。

「這也是，第六星區的人應該會妥善保護學弟吧。」柏特低下頭，思考後續事宜。

「……你特別在意琥珀是不是我的錯覺？」總覺得這學生好像很執著纏著琥珀，黑梭也就直接問了。

「我的確很在意，畢竟他的身分不一樣，而且價值非凡，他真的須要接受保護。」柏特勾起淡淡的笑意，沒有特別迴避，直說道：「恐怕連青鳥學弟都不知道琥珀學弟有多特殊吧。」

總覺得大男孩在講這些話時有點怪，黑梭皺起眉，下意識走到窗邊，也在同時發現原本周圍監控的氣味不知何時變得極淡，有些甚至已經消失，「收掉你的能力，你會害我們被聯盟軍探查。」

「在此之前……你不記得我就是聯盟軍了嗎？」

黑梭猛一閃身，瞬間腦袋裡只想到「糟了」，這次北海眞的會抓狂到揍死自己，接著看見的是風刃劈開的窗框。

「第六星區什麼時候和強盜團勾結上？」黑梭瞇起眼睛，抽出腰後的短刀，極度警戒地繃起身體，原本想傳回訊息，但如他所想，訊號果然被干擾了，一時半刻聯繫不上其他人，「等等，布蘭希之所以會被抓該不會是──」

「嗯，布蘭希統帥什麼人都防了，就是沒想到要防我。」

柏特有點抱歉地微笑，「我知道你們都是好人，所以特別請求你不要抵抗，這能夠讓傷害減到最小。」

「你知道那是強盜團……」並沒有如對方所說放下刀、不抵抗，黑梭低語唸了幾句，皺起眉頭，「你一開始就知道雷森家的就是那天的朱火強盜，來到這裡並不是代表第六星區參加會議，而是來和強盜合作。」

他就覺得奇怪了，再怎麼說，柏特那天也見過那群撞毀學校的強盜團，甚至還正面起衝突，怎麼可能認不出雷森家的人。

「學校被飛行器撞毀的事情，你參與了？」如果是這樣，那麼黑梭會覺得青鳥他們這個學長很可怕。

「不，是在那之後。」柏特搖搖頭，神情變得有點悲傷，「我不會原諒殺害同學和老師們的凶手，但這些必須擺在其後……我也是真的想要保護你們，重新恢復控制自由，不應該犧牲太多好人。」

「你到底……」

那瞬間，黑梭猛地察覺身後有人，而且已經離他極近，他卻完全沒有察覺，原本倚靠的敏銳嗅覺與聽覺竟被風能力者壓抑得如此徹底。

刺痛竄進他的頸側，還來不及反抗，身體已失去所有力氣，黑暗急速腐蝕意識。

他知道自己並沒有倒地，後面有人抓住了他。風散去時，嗅到的是濃濃強盜團氣味，最熟悉的就是當日在學校中，殘殺學生的那幾人。

……

「辛苦了。」

看著手下們捕捉的能力者，穿著聯盟軍正裝的噬從窗外跨進來，冷笑了下，看著柏特，「眞是個好禮物，看來幫你提升能力等級果然有用。」

「……什麼意思？」柏特掩藏自己的歉疚，換上面無表情來應對。如果不是因爲家族使命，他壓根不想再看見這個凶手。

噬歪著頭，打量到手的野獸能力者，「朱火強盜團的首領，在好幾年前被一隻野獸咬斷腿，現在走路還有點問題，送他點好東西，他應該會挺樂的吧。」

朱火強盜團的人都知道，好幾年前，他們在掃蕩「必要區域」時，首領被狗咬了。聽起來是個笑話，但首領可不覺得好笑。

能力者直接造成的創傷在某方面來說，會比一般傷害難治療，更別說是用咬的。後來憤怒的首領沒將傷勢完全治癒，像是留個印記般，宣示有一天要把那條狗給拖出來狠狠報復。

「這幾年，我們也一直在找一隻會咬人的狗。」只是動物不太好抓，靠近時很快就逃之夭夭。

這時，柏特才驚覺爲什麼噬會煽動他突破兔俠組織。

「等等，這個人應該屬於──」

柏特的話還沒說完，就被噬笑笑地按住嘴。

「不要和首領爭玩具，就算你不是朱火的一員，也一樣。」

柏特揮開對方的手，看著連眼神都沒有任何溫度的強盜，知道雙方實力差距懸殊，他當然不可能爲了一個只見過幾面的「好人」浪費自己的生命。

「反正玩不久。」噬拍拍柏特的肩膀，吹記口哨，讓手下將人帶走，「他的利用價值不低，不會死太快，放心。眞想要人，我也不介意你通知兔俠組織。」

「滾。」

根本不想回頭去看那群強盜往哪邊走，柏特只是背對所有的事。

然後，回想起那一日。

第六話▼▼▼所選的正義

「那麼我給妳介紹介紹，這是第六星區軍隊統帥的孩子，也即將接任聯盟軍職位，這次是來第七星區見習的，我舊友之子，柏特。」

他們是聯盟軍，起源於多萊斯家族的分支。

約數百年前舉族移居六星區，之後世世代代都爲聯盟軍，像是任務般不斷傳承聯盟軍與聯盟軍的正義。

對第六星區來說，軍事家族並不陌生，大戰時也曾帶領軍隊出力。

至少柏特一直認爲自己的軍隊世家是絕對正義的，他也願意付出自己所有，像歷代族人一樣爲第六星區貢獻。所以爲了這些而努力著，從懂事後就不斷磨練自己，沒有一天懈怠。

檯面上，身爲軍隊最高統領的族長極度低調，不與其他家族爭權奪利，不論是利蒙家，或是更早前的區域長和其後的老派議會，他們都不正面交鋒，就只以維護所有第六星區百姓們的安全爲目標。

直到學校被飛行器撞毀那日。

柏特被轉送回家後，清醒時全身傷勢已經治癒，但被女傭帶至大廳時，他簡直不可

置信，而且極度憤怒。

——逃逸的朱火強盜團竟然出現在大廳。

可笑的是，軍方公用頻道還在緝捕這些匿蹤的強盜團。

「叛徒。」

布蘭希無力地靠在冰冷透明牆面邊，冷淡地看著站在自己面前、僅有一牆之隔的年輕聯盟軍，「利用了百姓們和所有人的信任。」

「……布蘭希統帥認為什麼是正義？」柏特回到了聯盟軍中央，看著被囚禁的女性，原本威風凜凜的統帥，現在也只是像普通女人般毫無力量，幾乎一掐就碎。

「毫無正義的人沒資格和我談論正義。」自己曾經多相信眼前的大男孩，還將往事告訴對方，布蘭希現在只覺得自己的信任被完全踐踏，而這人竟然還要問自己聯盟軍所不能忘記的事情。

「妳已經被剝奪所有權力、軍隊，恐怕也沒餘力行使『正義』了吧。」看著已經成為階下囚的女性聯盟軍，柏特難以免除心中的遺憾與歉疚，「妳認為，保護第七星區、等待著遙遙無期的改變，就是妳要的正義嗎？像妳村莊發生的事，不是還在繼續著……

妳的步伐太慢，爲什麼不能想想，如果我們有機會能將世界導正回原本該有的樣貌，拯救那些村莊、甚至是其他星區的村莊，就會變得極度容易。」

「……你在說什麼聽不懂的話。」布蘭希嗤了聲。

「這個世界，人類本來應該擁有最高科技。我們從母星來到這裡，一度擁有完全控制權，人類可以變成自己想要的樣子，享受那些文明進步，爲什麼我們無法再擁有？」那天，父親與長輩們也這樣告訴他，柏特雖然遲疑，但卻不否認，「那些原本該屬於人類的，必須取回來，這不是星區的問題，而是全部人類的問題。如果世界沒因戰爭改變，妳的村莊根本不會滅絕，他們還可以搭著飛行器行走到世界另一端，不是嗎。」

「哈，所以你現在要告訴我，你們覺得弄出飛行器，去撞爛你第六星區的學校，一堆強盜拿出一堆飛行器再去攻擊更多星區，就是你們要的完全控制嗎！」布蘭希露出無溫的笑容，「繼續燃燒七大星區，回復高科技時代，這就是造福人群？別傻了！你也是高階聯盟軍，你自己心知肚明聯盟軍藏在深處的另外一本歷史！」

「這次不會變成那樣。」柏特很堅定地說道：「高科技時代再臨，妳的小村莊也會改善，人類會再因爲擁有控制權而得到幸福。」

「我在擔任統帥後，用最高權限翻閱過埃卡家族的記事，一度不明白所謂的歷史記事，只想著該怎樣整頓第七星區……不過現在我想我懂了。」閉上眼睛，布蘭希再度將頭往回靠在牆面上，「第一家族遲早會回來。」

「這個世界不屬於第一家族，控制權是在全人類的手上。」

柏特轉過身，離開牢籠。

「呦，你和噬還眞喜歡去找那個女人抬槓。」

柏特一轉出走廊，就聽見同等討厭的強盜聲音。轉回視線，果然看見蓓莉打扮的美莉雅坐在走廊窗沿邊，把玩著手上的短刀。

「如果不是要牽制那隻調魂，那女人早沒用了。」美莉雅跳下窗戶，將短刀收回腿上，「勸你如果想要就提早開口，噬對那種女人沒興趣，肯定會賞給你當零食。」

「……閉嘴。」柏特沒有心情好到和強盜團談天。

他同意家族的正義，但還是憎恨強盜團。

「我是特地來告訴你，噬抓著那個兔俠組織的狗去聯繫他們的『頭腦』了。」看戲般地瞄了眼柏特瞬間不自然的表情，美莉雅再度勾起嘲諷的笑，「之前我們的間諜已經回傳消息，他們的『頭腦』似乎在兔俠和狗之間有所選擇，你認爲他會因爲想救『狗』

而供出『兔俠』嗎？」

「沒興趣。」利用黑梭的好意也是柏特自己的選擇，就和利用布蘭希的好意一樣，他知道自己永遠都還不了那些愧疚。但爲了所選擇的正義和維護全人類，他認爲這樣沒關係，能夠承擔。

「哼。」看對方一直都是那種不冷不熱的臭臉，美莉雅也懶得繼續攀談，甩身邁開步伐打算離開。

「等等。」

美莉雅停下腳步，偏頭看向後面的聯盟軍。

「朱火強盜團究竟和哈爾格傭兵團有沒有關係？」雖然家族同意合作，但柏特也僅知那些人們的耳語——朱火強盜團是哈爾格的後裔，即是曾經引起世界最大戰爭的因素之一。

如果是，柏特就不明白爲何現在他們反過來要幫忙取回人類對星球的控制權。

當初哈爾格收取傭金，血洗了七大星區，最終和莉絲一起消亡，怎樣都不像會如此替人類著想。當然朱火強盜團也是，不過朱火由很多家族暗地金援構成，並不似那支傭兵團那麼單純。

「這種問題，你幹嘛不去問噬。」美莉雅挑起眉。

感覺到異樣氣息傳來，柏特猛然回身，才看見那名男人不知何時出現在自己後面，就像出現在黑梭身後時那般詭譎。

第三能力者，但他一直不知道對方是哪種能力。

「美莉雅，去確保不會有人經過這條走廊。」噬環起手，笑笑說道。

眨眼，美莉雅已消失在柏特視線中。

看著狡獪又難以探知心思的強盜，柏特不由得全力警戒。

「你最好不要在首領面前談論這種話題，會死的。」用著很輕鬆的語氣，噬冷笑著，「就算你是什麼統領的繼承人，照殺不誤。」

「……哈爾格不是以自身爲榮嗎，有什麼好怕人談論。」柏特從聯盟軍的記載中知道，傭兵團極爲看重自己的榮譽，這點和現今興起的「烏爾」很相似，但「烏爾」和哈爾格並沒有任何關係，且規模很小，正在持續發展中。

大戰過後，哈爾格去了哪裡沒人知道。這些年來，七大星區並沒有中斷尋找這支傭兵團的行動，但總是沒有任何結果。

噬盯著聯盟軍看了半晌，沒有直接回答問題，「跟上。」

「咦？」

強盜並沒有給任何解釋，柏特也一頭霧水，只好跟上對方腳步。

看見噬走出走廊時，美莉雅有些吃驚，不過同樣跟隨在柏特後面。

一路遇上的都是假扮聯盟軍的強盜，這讓柏特感覺極不舒服，即使知道有些是不同星區來的不同家族支援，就像他一樣是爲了各自的正義之道，還是讓他覺得非常反感。

強盜路經之處，不少人都有點訝異地看著他們，但是無人上來詢問。

柏特大概知道他們爲什麼會訝異，因爲噬似乎很少在一般強盜中隨意現身，他比較常以莫名其妙的方式出現，更別說現在領著聯盟軍大刺刺地移動。

約莫走了十分鐘，直到周圍沒人了，噬才一個轉彎，進入通往地下層的走道。

雖然與強盜團目前有合作關係，但柏特至今爲止，一直沒有深入這些建築物內部，大多時間都是在外圍或是大廳、會議室等處討論。看著可能擁有全區授權的強盜一一打開門扉，最後到了地下第五層，便停下腳步。

「噬……」美莉雅開口，想說點什麼，不過想想還是把話吞回去。

並沒有回應美莉雅的猶豫，噬直接打開封鎖的門，走進去，還有些挑釁地看著外頭的柏特。

有點被激起怒意，柏特當然也進了門。

門後是偌大的空間，幾乎什麼也沒有，而且乾淨異常，白色的三面牆壁與地板、天花板，唯一突兀的第四面牆壁是深黑的顏色。而在黑色牆面邊，躺著一名缺少右腿的男人，約四十來歲，金髮藍眼，看起來極爲消瘦。

「這是……」柏特只覺得這男人相當眼熟。

「籌碼。」看著昏迷的男人，噬笑了聲：「當時來不及撿，只好捨棄一部分。」

「……！」那瞬間，柏特猛然驚覺男人的身分，他在那天明白所有事之後看過許多資料，其中包括家族正在監視的某些人，以及其父母，「你——！」

「既然你對哈爾格這麼有興趣，這人就交給你看管；作爲交換條件，等到我心情好，我再告訴你。雷利，走吧。」

噬彈了彈手指，清脆的聲響讓柏特下意識往旁一看，竟然看見黑色牆面慢慢褪色，那片黑像是被水沖洗一樣滑落到地上，接著開始扭曲，如同有隻看不見的手揉捏著，逐漸成爲老虎的模樣從地面站起。

影鬼！

柏特這時才意識到原來那片黑牆是覆蓋了影鬼在上面。

黑色老虎冷看了他一眼，便跟隨強盜的步伐離開房間。

「噬，你向外人提起哈爾格？」

重新踏上階梯時，影鬼發出了低低的聲音。

「第六星區那小子問的。」美莉雅立刻說道：「噬什麼也沒講。」

身爲「頭腦」的影鬼沉默了下，化爲強盜們腳下的黑影，與兩人的影子重疊移動，

然後再度傳來聲音：「你們兄妹是哈爾格僅存的最後遺族，還有家族任務，直到『那一日』到來前，不要多生其他無謂的麻煩。」

「頂多殺掉。」完全不將柏特放在眼裡，噬笑笑地說道：「缺一個也無所謂。」

「嗯，我放了一部分在他影子裡監控，有問題立刻殺了。」

然後影鬼就沉默了。

回到地面走廊前，美莉雅停下腳步。

「有事？」留意到女孩有些遲疑的氣息，噬笑笑地回過身。

「噬、雷利，我們到底要做什麼？」美莉雅看著男性，頓了頓，才意識到自己問了不該問的問題，「我知道我答應過……可是……」

「妳答應過我什麼都不問，只要把朱火當家就可以了。」靠在黑色牆面上，噬把玩著衣服上的聯盟軍小飾品。

「我們一直在幫朱火茁壯……」美莉雅從懂事開始就一直在強盜團裡，不管什麼事情都做過，這些年也殺了不少人；強盜團裡那些作奸犯科的人通通見過，對於聯盟軍私底下的勾當也知道了很多，所以她不覺得聯盟軍有比較乾淨。

說起來，反而是那些笨蛋處刑者還乾淨點。

「現在，妳知道這些就夠了。」噬不打算多解釋，整了整衣服，「剩下的就和妳沒關係，等到拿回控制權，妳要去找那個小鬼扮家家也好，去找那個『假爸爸』也好，都是妳的事。」

「我才不在意那些小鬼！」美莉雅罵了句。

「你不殺他們了？」聽出青年的語氣很隨意，貼伏在地面的黑影不免多了點話。

「沒興趣了。」噬抓抓後頸，「眞煩，時間一拉長就懶。」

「沒持久力的缺點。」黑影再度沉默。

噬聳聳肩，看了眼還在糾結的女孩，「還有工作得做。」

美莉雅點點頭，收拾好心情，再度恢復成她所裝扮的聯盟軍該有的面目。

在影鬼解除了所有短暫封閉的系統後，監視著通道的聯盟軍系統再度啓動，走在上方的兩人也改變了原本閒談的臉色。

打開最後一扇門，噬看著明顯已經站在走廊等待他們有些時間的克諾，高大壯漢的肩膀上有個嬌小女孩，小女孩有些害怕，但是表情就和這段時間以來看到的相同，依舊帶著些許堅強。

可能是爲了那名她很喜歡的女性統帥，所以不管什麼要求，她都願意竭盡全力辦到吧。

「兔俠組織那個『頭腦』……哈哈……」克諾笑了幾聲。

「同意了？」噬並不意外。

「當然，不過他不確定眞正的地點，只提供了幾個據點。」

「無所謂，『調魂』可以用自己的方式找到。」看了眼小女孩，噬環起手。

「……茉莉什麼時候能見到布蘭希統帥？」雖然很害怕這些成人，但一想起自己所愛的女性，她還是提起勇氣，抓著克諾的衣領問道：「茉莉很乖，茉莉都做到了……」

「妳去把那隻兔子搞來，克諾就會帶妳去看那個女人。」朝壯漢抬抬下巴，噬看著手下點頭表示了解，「說了會把那女人還妳就會還。」

「嗯。」茉莉用力點點頭，「說好了。」

盯著有點高興的小女孩半晌，噬挑起眉，「妳超用能力很嚴重，已經快到盡頭了，這樣也還要繼續？」

「嗯，茉莉一定要幫上布蘭希統帥，布蘭希統帥是很厲害的人，可以保護更多更多的人，所以茉莉不論如何都要幫忙。」露出讓對方覺得太過乾淨無瑕的單純笑容，小女孩有些期待地開口：「茉莉幫上忙了嗎？」

「做得不錯。」隨意在女孩小腦袋上搓兩下，噬說道：「那女人就是妳的獎賞。」

茉莉很高興地抓著克諾的手，跟著壯漢一起離開了。

看著逐漸消失在通道的背影，美莉雅轉回頭，「會死嗎？那個小鬼。」超用能力的能力者會有什麼下場，他們當然都知道。

「看雷利的心情。」有些玩味地撫著下巴，噬勾起與方才哄小孩截然不同的冰冷笑意，「還有兔俠組織的能耐。」

那隻布偶，也該現現眞身了。

他現在很有興趣的是，究竟是怎樣的眞身，才會有那種持久不墜的型態，如果用自己的手把這些毀掉，應該很痛快。

「不死的正義使者嗎？」

□

現在・第六星區

氣氛相當詭異。

青鳥盯著伊卡提安與琥珀，來來回回看了好幾次，但是這兩人似乎都沒有先開口的意思。

「紅騎士是什麼東西啊？」

狀況外的庫兒可很自然地反射性發問，不過沒人回她，不管是小茆還是黛安，臉色看起來都怪怪的，讓她有點自討沒趣。現在才認識這些人又不是她的錯，自己什麼都不知道也是當然的啊……

「阿德薩曾入侵聯盟軍的初始資料庫，看過類似的字語，但我們不確定那是什麼意思。」看著擁有相同資訊的蕾娜，小茆皺起眉，「紅騎士約瑟芬，聯盟軍有很多系統都針對這個名詞發展抵禦程式，不過並沒有任何數據可供參考。」

「……」琥珀環著手，依舊不打算解釋。

「等等，所以其實你們兩個是認識的？」青鳥覺得自己暈了一下，原來他家弟弟打從一開始就認識伊卡提安了嗎？傳說中最難看見眞面目的處刑者嗎？「你竟然都沒講！上次蒼龍谷和荒地之風也──」

「我不認識他。」有點不耐煩地推開往自己衝過來的矮子，琥珀看著黑色能力者，「學校倒掉之前根本看都沒看過，之前武器庫時才和學長一起看到。」

「你不認爲須要解釋嗎？」黛安來回看了看，把視線固定在伊卡提安身上。她不認爲這名處刑者會沒事隨便亂攀關係，針對琥珀應該有其用意。

「不須要。」伊卡提安回得很自然。

「……」

所有人再度沉默了。

「你不需要我們需要啊！」青鳥爆炸，他覺得被隱瞞超多事情的，從搭乘芙西開始，好像都是哪裡有點怪怪的，而且說不太出來。本來想說自己身分也有點問題就不要去鑽什麼牛角尖，但是現在完全不是這樣啊！

站在一邊的小茄並沒有像其他人一樣等待解釋，只是冷冷地看著兩人數秒，接著握住拳頭，猝不及防間直接朝琥珀方向攻擊。

眾人還沒反應過來，黑色的影子已出現在琥珀身前，揮出長刀。

旋身避開反擊，小茄站穩後，長刀也已抵在她頸側，削去了部分髮絲。

「這樣還說不認識？」無視頸邊的刀鋒，小茄笑了聲。打從先前琥珀過人的「頭腦」能力開始展現後，她就不相信這個人，包括兔子在內，他們都對這名少年起了相當大的疑心，現在甚至連伊卡提安都可因對方而揮刀，就證明他們的懷疑並沒有錯，琥珀的來歷絕對不僅僅是商人之子這麼簡單，「你到底是誰？」

「這與你們無關。」琥珀哼了回去。

「現在有關了。我所有重要的東西都沒了，我也不在乎你們會變成怎樣，只要你會妨礙我，就算是伊卡提安我也殺。」小茄伸出手，掌心上聚集出冰冷的迷霧，擱在頸邊的長刀開始凝結冰霜，「你到底是誰。」

看著小茄和伊卡提安對峙，庫兒可一緊張，也開始聚集能力。她不知道伊卡提安到底是怎樣，但小茄的親人才剛剛不見，她就是想保護小茄不要再被傷害。

「等等，你們都等等。」連忙跳出來把小茄往後拉，青鳥著急地擋在女孩前面，接

著才發現黛安與蕾娜也都進入警戒狀態，兩人手按在武器上，如果剛剛伊卡提安再有動作，肯定就直接在黑森林裡開打，「有話好好說……琥珀，這到底是怎麼回事？你和伊卡提安到底……？」

「你很想知道？」拍拍伊卡提安的手臂，讓處刑者收起長刀，琥珀挑眉看著矮子。

「嗯……我想知道的話，你就會說嗎？」青鳥其實沒什麼把握，只希望他家弟弟不要再往他頭頂打就好。

不過意外地，琥珀這次並沒有罵他多事接著一巴掌打過去，反而垂下眼睫，好像真的在認真思考什麼。看著看著，青鳥突然有點抖，總覺得自己好像做了什麼不太適當的要求……但應該沒錯啊，小茆他們想搞清楚這些不對勁當然沒錯，連他自己都想知道了，何況別人。

「……真的要說有點麻煩，先把飛行器處理掉吧。」琥珀抬起頭，在地面震動了下後說道：「而且我不確定學長你……」

「我怎麼？」青鳥歪著頭，疑惑。

琥珀搖搖頭，「不要想殺我就好。」說完，他轉身直接往出口處走，伊卡提安跟隨在後。

青鳥過了好半晌才反應過來，「什、什麼啊！我才不會殺你！開什麼玩笑！還有不要自己走掉啊喂！」

「別跟過來礙事。」琥珀把衝過來的矮子推開。

「跟哥哥說話是這種語氣嗎，還有什麼殺你啊，我像那種會隨隨便便對弟弟動手的人嗎——」

「你像。」

「嗚，你太不信任我了……」

看著幾個人走掉的背影，小茆嘖了聲，散掉手上的迷霧。

「又被他跑了。」

黑森林再度震動，代表著外面的攻擊早已在他們起衝突時展開，其實琥珀先去處理飛行器也是正確的，現在最大的威脅還是那些機組。

不過小茆完全看得出來那傢伙根本是藉機溜掉，不想正面回答他們的問題。

「客人們去排除飛行器了嗎？」

留在大廳的幾人轉過頭，看見泰坦緩慢地走出。

者。

「伊卡提安在，你不用特地又耗費體力。」蕾娜立即走去，有些擔心地看著綠能力者。

乍見綠色能力者時，庫兒可有點看呆了，雖然在研究室裡看多了奇怪的，但這種又奇怪又漂亮的好像還是第一次看見，甚至比「月神」還美了……只是美得不太像人。回過神時，她發現植物形成的大廳好像變得更有精神，四周大大小小的綠色植物更加翠綠挺直，感覺像立正站好似地。

「就是聽見伊卡提安的話語，才想著出來談談。」微笑著讓女性扶著坐下，泰坦表示自己確實沒事，才讓蕾娜往後退開。

知道泰坦可以掌握黑森林中的一舉一動，小茆也不意外，以前她和露娜來這裡時，露娜講壞話都特別小心。

「伊卡提安提到了紅騎士。」

泰坦的話讓所有人都轉過視線，「我記得這件事。」

「森林之王的系統裡關於紅騎士的資訊不多……」蕾娜不意外對方問起，畢竟黑森林裡的事務她還是會按時彙報，一些聯盟軍中奇怪的謎題當然也會，「不過應該還有另外一個名詞才對，伊卡提安只說了紅騎士。」

與月神一樣，他們對這個名詞的所知也僅只有聯盟軍致力於發展抵禦系統，且七大星區都有相關記錄。蕾娜和阿德薩一直猜測可能是某個針對聯盟軍的「頭腦」組織，但卻找不到相關情報。

「伊卡提安是說『授權』，難道紅騎士是程式名稱？」小茆環起手，不解了，「紅騎士這個詞在聯盟軍的機密檔案裡存在已久，如果是某種程式，他爲什麼要向琥珀要授權啊？」

「該不會琥珀是設計程式的人吧。」庫兒可想想，覺得搞不好還眞有這種可能，對方看起來就是很厲害又很好看……呸、才不好看。她在實驗室裡看多了實驗人員和「頭腦」，他們也研發超多程式，搞不好那個啥騎士就是這樣出來的。

「這不可能，我們追溯上去，紅騎士起碼在戰前就已經出現，聯盟軍的機密有些鎖得很死或是銷毀，但是大戰之前就有『紅騎士』與另一個、這兩組名詞，所以不可能是琥珀設計的東西。」蕾娜搖搖頭，否定小女孩的猜測。

「或許是他取得使用授權？」黛安也跟著加入討論行列，「我曾聽阿德薩說過琥珀也是『頭腦』，還是很厲害的那種，說不定他眞拿到授權，可以啓動之類的。」雖然她不擅長這方面，不過鎖和鑰匙的原理不管是現實物體或是虛擬世界都差不多。

「那伊卡提安怎麼知道他有授權？」小茆就是不解這點，「而且總覺得伊卡提安的態度變得怪怪的……」剛才她就察覺了，黑色能力者周遭的氛圍與先前不同，以前的伊卡提安冷漠到根本連身影都懶得出現在他們面前，但是現在竟然有情緒波動，她要揍琥珀時甚至出手攻擊自己，這點十分不對勁。

正想繼續說點什麼時，蕾娜突然發現坐在一邊的泰坦臉色有些異樣，「怎麼了？」

「嗯……天風被襲擊了。」

按著胸口傳來的刺痛，泰坦感覺到與自己相連的飛行生物正在流出血液，極力掙脫沾黏到身上的強烈攻擊；幾乎也在同時，黑森林傳來些微震動，顯然外頭的攻勢非比尋常，已經傳到深處了，「還有，下方的地底通道被人潛入攔截……在那裡留守的人遇到些麻煩。」

「竟然被他們找到地底通道，可惡。」蕾娜低罵了句，沒什麼表情變化的面孔現在也添上一抹慍色。

「妳先去援救下方的人吧，是否能請這位小小的地裂能力者協助我們呢？」泰坦抬起手，微笑著說。

隨著青年的動作，大樹廳中央逐漸開了個洞，接著許多藤蔓綠葉往下鋪繞，迴轉出

綠色捷徑。

「我絕對可以幫忙！」對於有人眞誠單純地需要自己，庫兒可感到莫名開心。不是在床上、也不是在實驗室裡，這些人是眞的需要她，所以這一路都尋求她的幫助，和以前的厭惡感覺不一樣。

「哼，就那些入侵者，泰坦把他們吸了當肥料不就好了——當然得先去除掉毒素。」小茆相當不以爲然。畢竟只要泰坦願意，那些人肉對綠色植物來說還滿滋潤的。

看著女孩，微笑了下，泰坦搖搖頭。

「我們也去幫忙吧，既然在這裡沒什麼事能做。」黛安拍拍小茆的肩膀，目前比較希望女孩可以轉移注意力，「不過，妳別超用能力，行嗎？」

「妳別和阿德一樣囉嗦……」垂下眼睛，小茆偏過頭，再也不發一語，直接朝捷徑跳下，順著葉片滑進地底通道。

與蕾娜對看一眼，黛安嘆口氣，便跟下去了。

「這個先寄放你這邊。」庫兒可抱著大白兔，小心翼翼地將玩偶交給泰坦，然後抹抹因美色滴出來的口水，跟著蕾娜滑入葉片裡。

確認所有人都順著藤蔓葉片前往有些距離的地底，並離開一段距離後，泰坦才重新

將大廳通口封閉起來。

抱著布偶，張開右手，綠色的手掌上散出點點淡色光芒。

抬頭看著因震動與攻擊不斷掉落的綠色葉片和枝幹，泰坦輕輕動了動手指，周圍無數植物開始向上攀長，裸露在夜空之下、住處之外的荊棘也漸漸變形扭曲，轉成爲更加穩固的防禦網；而在看不見的地底下，吸取他力量而移動的根莖幫助黑森林的成員們抵禦襲擊。

漫遊在森林中、天空下的蚯群不斷發出獨特氣息，排除空氣中的污染。

「你爲什麼不和小茆見面呢？」泰坦閉上眼睛，專注引導各式植物發展力量。

他知道有人潛伏在附近，祕密通道裡的襲擊只是爲了引去更多人，順便削弱森林之王的力量。黑森林的地底通道長期都有綠能者守護，能避開能力者探查、又準確無誤地知道通道位置，就只有擁有白色隊伍的青年吧。

泰坦記得蕾娜的確講過，利蒙家的繼承人擁有訓練精良的心腹部隊，當然也受過躲避能力者搜索的嚴格訓練。

「會死的，我現在還不能死啊。」亞爾傑靠在大廳入口，有點苦惱地搔搔後頸，數名白衣女性已擊昏附近的黑森林守衛，陸續回到他身後，「但是好想見見小茆小美女啊

……唉。」

「你應該知道，對付阿德薩與露娜的方式無法用在我身上。」泰坦重新睜開眼睛看著青年，依舊是微微的淡笑。

「知道，因爲你根本不是眞的人類啊。」看著美得嚇人的能力者，亞爾傑也回笑了下，「你既沒有什麼人類情感，也不重視森林之王組織，根本只是仿生人類的植物，對吧。」

黑森林的人都說泰坦很溫柔，但是他早就發現了，泰坦其實只是在模擬人類應對人類的友善面，他所注視的一直就只有整座「森林」。

或者說，他只在乎那些植物或是半植物，保護森林之餘，才順便保護那些來依附的成員和能力者。

泰坦勾著唇，點點頭，不否認。

「不過蕾娜對你來說還是特別的，說不定其實我對付露娜的方式還是有效。」泰坦留在第六星區的唯一理由應該就是蕾娜。這點不只亞爾傑，很多人都看得出來。

所以蕾娜才是指揮整個森林之王組織的存在，蕾娜希望處刑者存在，泰坦便像個處刑者般行動，某方面來講，森林之王其實是蕾娜，泰坦只是順著蕾娜的心願發展組織。

「是無效的。」這次否定青年的話語，泰坦帶著笑容伸出右手，巨樹大廳劇烈搖晃，大量荊棘瞬間從四面八方噴貫而出，「因爲你們會變肥料。」

就像小茆說的，去除毒素之後，人肉其實還滿營養的。

第七話▼▼▼蒼龍谷

青鳥瞠目結舌地看著天空。

跟著他家弟弟從黑森林通道爬出，走了一大段才衝上樹頂瞭望台，迎接他的就是正在噴火攻擊天風的飛行器，原本覆蓋在上空的霧氣早就被火焰驅散，還未重新布回。

「不是說不能用雷火攻擊嗎喂！」指著已經開始引發黑暗毒霧的禁忌機組，青鳥大叫。

就算黑森林遠離城鎮也不能用啊！莉絲毒霧蔓延見鬼地快，肯定馬上就會覆蓋第六星區的天空，聯盟軍沒道理做這種危害普通百姓的事啊！

就在青鳥鬼吼鬼叫的同時，像是發現他們的存在般，正朝天風噴火的飛行器突然停頓了下，接著對準他們亮起超不吉祥的橘光。

那瞬間青鳥只覺得周圍捲起了氣流，站在前方的伊卡提安已揮出長刀，暴捲出去的狂風硬生生切開飛行器噴射出來的火焰彈，在高空上炸開，發出驚天動地的巨大聲響；衝擊氣流瞬間席捲整座黑森林，原本盤旋周圍的蚖一度被沖散開，部分被捲入暴風裡墜落，不過在熱氣消散後，大多重新飛回包圍。

伊卡提安偏著頭，伸出另一手往反方向一揮，狂風沖散了火焰，也將所有莉絲毒霧壓縮起來，最後被擠壓成一小顆拳頭大的黑球飄浮在所有人面前。

青鳥愣愣地看著可能一摸馬上連骨頭都能溶化的劇毒，都還沒問該怎麼處理，就見伊卡提安直接把那顆球往外圍聯盟軍的方向扔……扔得夠遠的，而且就算這麼遠、遠到完全看不見聯盟軍發生了什麼事，好像還是可以聽見那邊的大騷動……哈……哈哈……

也太可怕！

這是什麼高級見鬼能力啊！

就在飛行器停止的瞬間，似乎被火焰灼傷一大塊皮肉的天風整隻撲了上去，大量的蚝也不斷撞擊飛行器並加以覆蓋。巨大的飛行器在猛攻下發出破碎聲響，零件被擠壓掉出，解體前，幾名人類慌慌張張地從裡面掙脫逃出，還來不及脫離飛行器，便被更多蚝包覆上，最終連點聲音都沒發出，就消失在蚝群之中。

「看來黑森林還是有能力自保。」琥珀停下原本要破解飛行器的動作，看著那些被蚝侵蝕的碎片最後一點也不剩，彷彿剛剛襲擊黑森林的機組只是幻影、從未眞正出現過，他就覺得自己不用出手了。

「不，還有其他的。」伊卡提安將長刀收回腰際，再次揮動能力，撥開了覆蓋在黑森林上的沉重烏雲，露出被隱藏在後的月亮……以及更多飛行器。

「……這些都是從武器庫弄出來的？」看著更高空處起碼還有五、六架飛行器，青

鳥有點無言。他知道近期撞上星區的小島都是武器庫，但那個武器庫明明已經被他們溶了，怎麼還能搞出來這麼多鬼東西！

「編碼不同批。」琥珀隨便挑了架入侵讀取，皺起眉，「奇怪……」

就在兩人有點疑惑時，站在一旁的伊卡提安突然出刀，刀起刀落飛濺出黑色血液。

注意力完全被飛行器吸引的青鳥嚇了一大跳，這才發現竟然有幾個穿黑衣的污染者已經潛伏到他們附近，身上還都沒有儀器機組，難怪琥珀也沒發現。

將橫躺在樹邊的人體踢下不見底的深黑空間，伊卡提安判斷風中的氣息：約莫四、五名，數量不太多。靠近的污染者被消滅後，其他幾名有了忌憚，不敢再隨意靠近。

「哼……原來如此。」大致知道污染者的來歷，伊卡提安收回刀，直接用風壓將這些多餘的人給掃掉。

「軍隊統領的走狗嗎？」迅速破解飛行器的系統，從連線來看，這些飛行器與外圍的聯盟軍有所連結，也可探知是隸屬聯盟軍的哪支家族軍隊，於是琥珀猜到了外頭那群聯盟軍後面的推手了。

「統領……柏特學長他爸？」青鳥愣了下，有點意外。

「你不覺得他在第七星區時很怪嗎，我真的不信他沒認出強盜。」就連他家白目學長都能認出小強盜了，琥珀當初就認爲有問題，「估計第六星區和強盜團合作的就是軍隊統帥那個家族吧。」這樣推算起來，噬那時說要確保布蘭希的安全，估計對方的下場眞的不太好。

那時柏特說怕遇到虛仿什麼的，八成也只是怕噬用手下耍他玩吧。

「那柏特學長……」青鳥還是很震驚。

「小走狗，他是去第七星區和強盜會合的，順便幫他們突破聯盟軍內部。」柏特的家族身分的確會讓第七星區的聯盟軍無防備，難怪他會賴死在那邊。琥珀嘖了聲，這陣子他的雜事太多，否則眞應該好好把軍方統領的家族資料都破解來看，肯定裡面會有很多和強盜勾結往來的機密資料。

青鳥大概腦袋空白了兩秒，雖然還是很難相信那個正義的柏特會是強盜團的人，但既然琥珀都這樣說了，肯定不會有錯。「盧林很擔心他說……」這下子，該怎麼回覆盧林的關心詢問呢？

「那干你屁事，叫盧林自己去抱走狗大腿好了。」說不定盧林的商業家族也和對方有勾結呢！哼！

「別這樣說嘛……」知道琥珀現在很生氣，青鳥也只好閉嘴了。

應該說，不閉嘴也不行，上面幾架飛行器並不想等他們吵完，已經發出不一的閃爍攻擊光芒，乍看之下有點漂亮，但知道接下來的是噴火球之後，青鳥就很擔心。

同樣感受到威脅的天風和虻群開始向上飛高，估計也要準備應對第一次衝擊。

同時，靠著月光和飛行器的探照燈，青鳥看見黑森林也有了動靜。原本寂靜的巨木植物突然翻長，就像是帶著憤怒回應外來攻擊；出現最多的是詭異的銀白色藤蔓，比他們一開始看見的那些外圍藤蔓還要更大，範圍也拓展得更爲遼廣；白藤蔓在長到一定的程度後就像金屬般閃出流光，交纏圍繞編織成超級大的網子，一層層覆蓋到黑森林頂上，固定後便直接硬化，銳利的尖刺不善地指向天空、森林外圍的入侵者。

「泰坦準備好了。」觸碰到空氣傳來的冰冷氣息，伊卡提安淡淡說道。

琥珀看了眼旁邊的矮子，嘆了口氣，「其實現在還不須動用到紅騎士……雖然我能授權給你。」

「……？」伊卡提安不明白對方的意思。

「等等，又是紅騎士！」青鳥切進兩人的談話，嚷了起來，「到底是什麼啊？」

「就是你再追問就會錯過精采畫面的東西。」琥珀破解最後一道密碼，抬頭看著天空中幾架開始失去光芒與動力的飛行器。

「啊？」青鳥愣愣地跟著看上去，只看見大量強烈白光從外圍聯盟軍的方向打上天空，這倒是幫了他一個大忙，因為他夜間不太容易視物，這下就看得一清二楚。

讓青鳥整個呆掉的並不是那些開始墜落到銀網、被荊棘插穿的飛行器，而是更遠的天空中出現的數條黑色影子，速度極快地正往他們這邊俯衝。

顯然聯盟軍也發現了這些無法偵測的物體，琥珀重新打開竊聽的軍用頻道後，線上許多聲音快速傳遞情報。

盤繞在空中的天風也轉向那些黑物，凝視著，卻沒有任何威脅或攻擊的動作，就連蚖群也跟著安靜下來，紛紛降落在銀色荊棘網上。

將黑夜照得如白晝般的強光很快地捕捉到已高速衝到黑森林正上方的大型生物。

幾乎遮去泰半天際的黑色翅膀帶來獵獵強勁的風聲。

聯盟軍這次眞的被嚇到了，還有人發出畏懼的低喊。

飛到半空的夜魅也在發現那些存在後，害怕地全都退回聯盟軍上方。

「回報統領、快點回報統領！」

領軍的指揮官在通訊系統中失控地嚷著。

不同於沉默的綠色飛行生物，那些物體發出恫嚇般的咆哮，震動黑夜。

第一次看見傳說中活生生的古代物種，青鳥整個人都呆了，腦袋一片空白，完全無法反應過來，即使他之前多渴望想看，現在眞看見了也毫無興奮心情。

眞正的龍張開六翼的翅膀，遮蔽聯盟軍的天空。

「蒼龍谷……蒼龍谷出現了！」

「回神。」

臉上一痛，青鳥錯愕了下，才發現他家弟弟完全不留情地往他臉上打了一巴掌……是眞的回神了，但是會痛啊……

「這個……這個……」青鳥摀著臉，還是很驚嚇地看著在黑森林正上方盤旋的巨龍。比他想像的更大，形體也比天風大了不少，像座小村莊似地嚇人，帶來異常強烈的壓迫感，尤其是那帶著鱗片的六翼展開，好像還眞的能奪走整片天空。

巨大的六翼黑龍身邊有著幾頭比較小型的飛龍，看起來氣勢也很驚人。不過青鳥仔細一看，似乎沒看見帶頭的黑龍身上有人，反而是那些小飛龍身上各有一、兩名打扮很帥氣的男女……傳說中的龍騎士耶……好羨慕喔。

「你繼續在蒼龍谷的人面前流口水好了。」琥珀白眼真的滴口水的矮子。

青鳥連忙把口水擦乾淨，繼續痴痴地看著這些遠古就住在星球上的絕跡生物。

這些奇異生物在上方保持一定高度，其中棕色的飛龍脫離隊伍，直接往下，動作靈巧地降落在瞭望台正前方的平坦處。接著上頭穿著黑色勁裝的男性跳下龍背，朝青鳥等人走來。

距離相當近，讓青鳥可以把飛龍看得很清楚，也把高大男性緊身衣下的八塊肌線條看得很清楚。

走到前方，男性在看見琥珀時瞬間露出訝異神色，接著轉向伊卡提安，非常恭敬地開口：「首領……」

「咦咦咦咦！」青鳥嚇得往後彈，驚恐地看著黑漆漆的伊卡提安。

一邊的琥珀直接朝矮子頭頂揍下去強迫他閉嘴。

男人有點奇怪地看了青鳥一眼，才繼續朝伊卡提安說道：「首領收到你的訊息，派我們前來查看狀況，以及帶來屬於你的友伴。」

「嗯。」伊卡提安點點頭。

旁邊的青鳥鬆了口氣。他剛剛還以為第六星區的處刑者就是蒼龍谷的首領，差點沒被嚇死。

「很大了嗎？」聽著風中傳來的巨大聲響，伊卡提安隨口問道。

「是的，就像吉貝娜小姐說過的一樣，令人刮目相看。」男人說著話時有點得意，「但可能也要歸功大家的特製營養食物……抱歉，現在不是敘舊的時候。」

雖然很輕，但青鳥的確聽見了向來冷冰冰的伊卡提安好像傳來有些溫度的低低輕笑聲，他不自覺地開口發問：「……什麼東西很大？」

琥珀抓住矮子的下巴，直接把對方的頭往上抬，「上面那頭。」

青鳥覺得自己好像看見那頭六翼黑龍在飛。

「就是那頭。」琥珀收回手。

不知道是不是被嚇得夠嗆，青鳥突然覺得自己好像可以以平常心看待了。反正他所見過的處刑者每個都不太正常，有一個有頭巨龍還不帶出門征服世界，好像也不是什麼奇怪的事。

「等等，伊卡提安不是荒地之風嗎？」青鳥猛然驚覺不太對，馬上轉過去看八塊肌，「還有他幹嘛要問很大？」龍不就飛在上面嗎？大不大抬頭就看見了啊！真的很大！大得連視力不好的人都可以看出來啊！

「蒼龍谷避世，如果不加入荒地之風取得身分，少爺和小姐基本上是不被允許在外遊蕩。」男人很義正詞嚴地說道。

「喔、原來如此……你以爲我會這樣說嗎！少爺跟小姐是什麼啊！」青鳥覺得自己的平常心再度碎掉。

「蒼龍谷傳說是蘭恩家建立的你總該知道吧？」看著小個子蹦跳，男人也覺得很有趣，笑笑地多說了幾句：「伊卡提安·蘭恩；吉貝娜·蘭恩，這兩位都是我們蒼龍谷首領的眾多子女之一。不過他們兩位早年結伴搭檔到其他自治區學習武術、藥術，後來又取得荒地之風資格，已經很久沒有回過蒼龍谷。吉貝娜小姐的事情眞遺憾啊唉……」

「……」這次青鳥自己往臉上打了一巴掌，臉很痛，他確定自己沒在作夢，「所以伊卡提安是蒼龍谷繼承人？」

「不、不是，繼承人是二少爺。」

「還好不是那種嚇死人的設定……」青鳥鬆了口氣，「不過有龍可以早點拿出來行走江湖嘛……」

「這年代你帶頭龍出來行走江湖看看，五分鐘之後龍應該就被解剖了。」琥珀冷看著白痴，「他們不這樣小隊出發會被滅，蒼龍谷避世不是沒原因的。」

「呃……」好像說的也對。青鳥抹掉臉上的冷汗。

「別讓聯盟軍得手黑森林，剩下的事情我會處理。」伊卡提安淡淡地開口吩咐，估計外圍的聯盟軍現在也不敢輕舉妄動。

「了解。」男人點頭，表情恢復嚴肅，接著轉身跳回飛龍上，呼嘯地直衝天空。

看著飛龍群，琥珀收回視線，轉向黑色能力者，「你可以代表蘭恩家嗎？」

伊卡提安點點頭，「傳訊回去後，我已經收到授權。」

「……你們又在說什麼？」覺得自己好像極度狀況外，青鳥一愣一愣的。

琥珀嘆了口氣，關掉聯盟軍頻道，四周立即安靜不少。

「泰坦知道家族相關的任務嗎？」琥珀偏著頭，並沒有立刻回答青鳥的問題，先詢問了伊卡提安。

「我不確定泰坦了解到什麼程度，但他的確知曉很多事情。他和我們並不是同樣的種類……是可信任的存在。」黑色能力者如此回答。

「什麼家族任務……啊，瑟列格家要尊崇起源神那個嗎？」青鳥知道白之家也擔負很多宗教任務之類的。

「你不是當代首領，你母親不會告訴你。」深深呼了口氣，琥珀沉默幾秒，才緩緩

地開口告訴對方：「兔子問我是誰、小茆問我是誰，你也有一樣的疑問，但是這些和他們無關，只和你有關。」

「和我有關？」青鳥呆呆地看著他家弟弟。

「我說過，你可以用沙里恩這個姓氏……」

不知道爲什麼，青鳥總覺得琥珀講話有些吞吞吐吐，好像很不想和自己說接下來的事情，這讓他跟著有點緊張了起來。

「因爲那就是你本來應該有的姓氏。」琥珀握緊拳頭，用力地說著。

「我的？」有點錯愕，不過青鳥還是走了兩步，摸摸他家弟弟的額頭，「你眞的有點怪怪，肚子餓嗎？」

琥珀揮開矮子的手，筆直看著對方，「沙里恩是蘭恩分出去的支族，第四代時有些人援助部分不被關注、也沒得到星區家族照顧的小家族，以及反科技居民，建立有別於七大星區的自治區，也就是現今的荒地之風。當時使用的就是沙里恩這個姓；但礙於被七大星區監控，沙里恩家便轉移到檯面下營商，甚至改變了外表和基因，避免牽連到蘭恩家。荒地之風的首領也一直是由其他人擔任的，一直到這一代的首領被重新舉薦出來……五代之後的沙里恩繼承人，外表都是金髮藍眼，你還不懂是什麼意思嗎？」

青鳥愣住了，「你不是基因突變……」

「你知道爲什麼人們會特別喜愛湖水綠嗎？」琥珀轉開頭。

站在一邊的伊卡提安開始拆下臉上的面罩，那些遮蔽面目的物品。

最後拿下眼帶時，青鳥才發現對方有雙很美的湖水綠眼睛，而且毫無焦距，但這些都已經不讓他震驚了——

伊卡提安長得和琥珀很像，簡直就像長大版的琥珀。

「阿克雷．蘭恩，被當作神祇崇拜的可笑第一代蘭恩家首領，就是湖水綠。」

青鳥往後退了一步，跌坐在地板上。

總覺得自己好像第一次感覺到深夜這麼冰冷。

青鳥不知道自己坐了多久，他只覺得雙手都在發顫，「我從來沒聽過阿克雷是蘭恩家……」他也沒聽過阿克雷是湖水綠，阿克雷的形象一直都是有些普通的嚴肅男性。

「聯盟軍把姓氏和特色抹去了，他們要的是神，不是人。大多數都以爲阿克雷是多萊斯或瑟列格家，但其實他是蘭恩家的初代首領；七大星區的歷史被聯盟軍掌握著，要修改很簡單。」琥珀搖搖頭，按著自己的手臂，繼續說道：「蒼龍谷避世，根本不想管歷史被修改得如何，沙里恩家也無法動搖七大星區，瑟列格家即使一直想幫阿克雷恢復家族名譽，卻不得不服從其他家族的決議。」

「我媽沒說過……」青鳥腦袋亂哄哄一片，完全沒頭緒，也不曉得該從哪裡理起。他現在只覺得事態發展很誇張，誇張到好像根本在整他了，而且、而且……

「沙里恩金髮藍眼又他媽的干我屁事！」衝出口的話連修飾都來不及，青鳥吼完之後才愣了下，但又急又氣，也不想管粗話怎樣了。

「我剛說新的首領不是舉薦了沙里恩出來嗎，族長繼承了荒地之風、使用假的姓氏避開聯盟軍，副族長繼續跑商……然後他，認識了瑟列格當家……」

青鳥沒聽完所有，跳起身，用力推了琥珀一把，粗暴地打斷對方沒什麼情緒起伏、好像在陳述那種人人知曉的床邊故事的平淡語氣。

琥珀踉蹌了幾步後，站穩身，正想開口時，就看見青鳥又衝過來，再度用力推了他一把。

「說謊！說謊！」也不知道自己是不是有被氣哭，青鳥就覺得眼前模糊一片，什麼

都看不清楚，然後再用力推了和自己認識很久、他一直當弟弟疼的朋友，「我很高興看到蒼龍谷、還有八塊肌讓你覺得不順眼……你才用這種話來騙我……說謊！說謊！」

被推倒在地，琥珀連忙抬起手，制止後方伊卡提安要拔刀的動作。

「我根本維持不住什麼該死的笑容和心情啊！」看到同學的屍體，他可以假裝不在意；看著燃燒的學校，他可以轉頭再笑。那些就像白色聖女給他的教育般，在信眾或他人面前永遠不能動搖，也不能爲任何事情哭叫，因爲瑟列格家崇高無上，他們代表的就是神之家族。所以他可以坐在母親身邊，從高處俯瞰著信徒們痛苦扭曲的神色，也可以看著同學死在毒霧中，就連琥珀重傷那時候，他都能忍住，頂多就是一些些的慌亂。

但是現在不行了。

青鳥在發現自己手掌微微發光時，紅色的眼淚已經滴在掌心上。

他知道，這是他們這種能力者受到心情崩潰影響時變色的眼淚，他一直很小心，雖然有時候很難過還是會掉淚，但他一直都很小心。

「神啊……你們這些人到底看我的笑話看多久……」青鳥總算知道有時候琥珀那種不自然的態度，還有那天晚上，琥珀的父親爲什麼會那麼焦急衝過來擋住自己面前，捱了噬的那刀。

他們都知道。

他們一直都知道。

就連他母親也知道。

「學長……」琥珀小心翼翼地伸出手。

「閉嘴！」青鳥揮開少年的手，用力抹掉臉上的眼淚，不管那些血會讓臉變得多猙獰，「我不想再聽了，你們那些事情我都不想知道！」

他父親不養他養琥珀，還另外有個老婆；而他母親把他扔到第六星區也不告訴他父親的名字。這些事情，青鳥完全都不想再聽了。

青鳥從地上爬起，拉起衣服用力想把臉擦乾淨。

「學長。」

琥珀的聲音從旁邊傳來。

不知道爲什麼，青鳥還是反射性看過去了。

坐在地上的湖水綠用他從沒看過的表情，開口：「你……還想當我哥哥嗎？」

看著對方，青鳥反倒開始覺得好笑了。

「騙子。」

說完，青鳥轉過身，縱身跳離瞭望台，消失在黑色樹林之中。

□

「我該說活該嗎？」

聽見第三者聲音時，琥珀和伊卡提安同時轉過頭。

不知何時到來、自稱蒼龍谷的男孩就坐在瞭望台邊緣樹枝，笑笑地看著兩名相像的人，「愛說謊的人，都要有被割舌頭和被討厭的心理準備。」

「……可惜的是，那笨蛋的心胸比你想的還寬大。」琥珀抹抹眼睛，面無表情地站起身，低頭看著手臂上被樹枝劃出的傷口，自己都沒注意到傷口相當深，已經冒出不少紅色血液，「他八成一跳下去就後悔了。」

就他對青鳥的了解，雖然笨歸笨，但卻有很奇怪的包容度，看對方還會跟那個小強盜講兩句就知道了。

「喔？」初光覺得很有趣地勾著唇，歪著頭支著下頷，原本黑色的眼睛慢慢轉為寶石般漂亮的綠色，「算了，與我無關。」

「你還會在這裡待很久嗎？」看著對方，琥珀問道。

「就待到第一家族把該交的東西交出來吧，我只有這件約好的事要辦。」初光打了個哈欠，在後面傳來聲響時偏頭看去，正好看見某部被破壞的飛行器裡鑽出了受傷的聯盟軍，避開尖刺，摔在銀網上，拖著一條血痕慢慢爬動。

按住正要出手補刀的伊卡提安，琥珀看著初光很隨意地朝那方向揮了下手，奇異的氣流捲繞上去，困住聯盟軍的行動。受傷的男性那瞬間驚恐地掙扎，但很快便平息下來，原本有些嚴重的傷勢在他一動也不動地安靜平伏下開始被治癒。

「救聯盟軍沒意義，他們會再來攻擊。」伊卡提安收回長刀，有點不太高興對方施救的動作。

「對我來說，你們和聯盟軍都一樣，不管救哪一方都沒意義，我又不在意你們這些人，所以要怎樣做都隨我心情。」初光無視對方的態度，冷笑了聲：「比起動不動就殺人，還不如整得他們唉爸叫母還死不掉好一點。」

「……」伊卡提安放棄口頭之爭。

「那黑森林？」琥珀看著手腕儀器再度傳來聯盟軍準備下一波攻擊的訊息。

「喂喂，少過分要求了，你們給我找的麻煩還不夠多嗎，我也就是路過來看看，你們『六個家族』自己搞出來的自己解決，眞的惹毛我，我就把你們全爆了剷掉。」初光跳下樹枝，朝旁邊招招手，原本棲伏在附近的天風便浮飛過來，「蘭恩家的事情我都還沒算帳，少佔便宜了。」

望著對方治療天風的舉動，琥珀知道自己的確不能繼續提出更多要求，「你覺得，現在的世界繼續下去好嗎？」

「嗯？」初光瞥了少年一眼。

「『莉絲』繼續存在的世界，可以阻擋科技的發展。」琥珀頓了頓，再度開口：「或是人類拿回控制權，就像母星那樣？」

初光聳聳肩，「你問的不是廢話嗎，這兩個有什麼不同？」

「的確，『莉絲』不是永恆的……」琥珀嘆了口氣。

「天性很難根除的。」初光拍拍琥珀的肩膀，笑了下，「不是嗎。」

「嗯……」

「那就先這樣。」收回手，初光向後跳開。

一絲金紅色的火光從半空中繞出，隨即轉回猛烈，完全覆蓋初光的身影。

瞬間，火焰再度消失，連一點毒氣都沒引起。

別說沒有毒霧，琥珀甚至感覺到連空氣都變得乾淨很多，飛行器所造成的殘餘污染消失得一乾二淨，夜風吹來的是綠意盎然的潔淨氣味。

「……時間不多了。」感受著風帶來的氣息，伊卡提安低聲說道。

「你和沙維斯講清楚了嗎？」琥珀轉過頭，瞇起眼睛看著眼前也算麻煩的傢伙。

沙維斯把儀器落在他家之後，他當然透過儀器追查過對方的身分，包括沙維斯被自己兄長後面家族設計的那部分。

整個第六星區的聯盟軍結構相當複雜。

長達八百年累積下來的家族鬥爭和勢力角逐原本就沒有普通人想的那麼簡單，這點不管是在母星或者新世界都一樣。人只要擁有能夠長久經營的安逸棲息地之後，就會開始掠奪他人，強硬發展。

五大家族、最初的人類們帶著大量母星倖存者在這裡落腳，五個家族分裂成更多家族，倖存者們也自己組結成各自的群體，一代接著一代不斷發展。

現在的第六星區除了總長外，利蒙家在檯面下也有著一定勢力，接著是軍團統領。沙維斯出身的老舊家族一開始是打算推出繼承人繼續瓜分勢力，才有了四年前的事情。

不過合理的估計加上他挖出的機密，恐怕四年前會演變得那麼嚴重還有一個原因，除了利蒙家背後的青年正在鬥垮沙維斯的家族之外，就是和朱火強盜團勾結的軍團統領，也就是柏特的家族利用那次事件，正在進行什麼前置作業。

可能是清除沙維斯的家族勢力減少阻礙，也有可能是趁亂將某些東西弄進第六星區。

這點，當時聲稱在附近的自由行者們恐怕也是相同原因，否則不會來得那麼迅速。

四年前的事情，並不是偶然事件。

「我和吉貝娜當時是收到家族訊息才來到第六星區，沙維斯不明白這些事，也沒必要告訴他。」重新將面罩綁回臉上，伊卡提安淡淡地說：「我們都是為了第一家族前來。荒地之風、蒼龍谷、自由行者們，那些還記得初始之事的人。」

「第一家族早就沒了。」琥珀冷哼了聲，看著銀網上開始碎裂成粉末的飛行器。

「即使如此，身為第二家族的蘭恩家，依舊會履行義務和承諾。」

第八話▼▼▼來訊

「……」

其實他話一脫口那瞬間就後悔了。

青鳥站在黑暗的森林裡，完全無法分辨四周，也沒心情判斷自己在哪裡，就是隨便找個地方坐下，再把自己的臉擦一擦。

深黑的夜裡只有他的手指尖還微微發著光，青鳥嘆了口氣，收回外溢的力量後，這次真的整片黑暗，什麼也看不見了。

他的確需要點時間冷靜一下。

「深呼吸、深呼吸……沒錯……其實也不是什麼大不了的事情……」反正早知道自己的身分有問題，原本在第四星區時，青鳥就已經曉得自己和母親永遠不可能有什麼正常的母子溫馨生活，那個人永遠都把瑟列格家擺在第一位，連小孩有利用價值時都可以利用，所以他也沒特別奢求什麼。

應該說，他要脫離家族有一部分原因是希望對方可以就此解脫，不用再隱藏有個小孩的事情。

所以他媽媽那部分的事，其實想想，就不是什麼太大的問題了。

他只無法原諒那個人竟然沒告訴他，父親就在第六星區這件事，現在他也懷疑對方是刻意將他丟到第六星區……她就那麼確信他們可以遇到嗎？搞不好根本永遠見不到一面啊渾蛋！第六星區又不是小小島，這裡起碼也有上百萬人口啊該死！

還有琥珀他父親……不對，應該說是自己父親。青鳥就覺得他們夫婦對自己好得太神奇，還經常主動幫他找英雄之類的影片，價格低廉到不行，每次去都招待他吃很好吃的東西，原本還以爲是琥珀難得交朋友的關係。

難怪琥珀他媽媽會要琥珀幫忙大家上芙西，估計那個阿姨也知道這事情吧。

「最可惡的是，你根本認識荒地之風和蒼龍谷啊！去你媽的不認識！去你媽的完全沒興趣！你才全家都沒興趣！」青鳥越想越生氣，從地上跳起，朝黑暗中完全看不清楚品種的樹木就是一陣拳打腳踢，「最好你眞的一個都不認識啦！伊卡提安搞不好就是你哥吧！你們那到底是什麼兄弟臉啊可惡！」

一腳踢在樹幹上，青鳥用力喘幾口氣：「你早跟我說荒地之風是我家，我就征服世界啊！」

啊，不對，只是副族長，還征服不了。

揍累了，手和腳也痛到爆，青鳥往後退兩步，直接躺在地上，接著好像有什麼蟲爬到身上，毛毛的差點鑽進耳朵裡，把他嚇得又彈起來坐好。

「爲什麼眞的要把我當笨蛋……」

攸關他的事情，應該要好好地告訴他。

青鳥並不是特別憤怒自己母親的愛人不養自己小孩、跑去養別人小孩，仔細想想，即使男的當初留下來，狀況大概也不比現在好吧，除非他母親放棄總長的地位跟著跑，但是接著就會被瑟列格家族追殺了，因爲聖女醜聞很要命。

琥珀偶爾會說一些奇怪的話，或是有不得不幫自己的舉動，其實也是因爲這樣嗎？

如果老老實實、好好地告訴他，他可以接受啊……

他知道琥珀需要保護，先不管對方到底是不是伊卡提安弟弟，或是爲什麼會掉在外面被人養，光是湖水綠的身分就的確得有人好好照顧。

…………

欸，不對，先等等。

剛剛琥珀好像沒說他是被撿去養的，只講了沙里恩是自己爸爸，但是並沒有說清楚沙里恩夫婦是不是他父母。

很有可能他媽媽就是蘭恩家的人……

「我靠，該不會我們還真的是兄弟吧！」只是不同媽媽而已！

青鳥知道琥珀的媽媽是婚後才改姓沙里恩的，婚後大部分人都會歸入比較大的家族，像他們瑟列格家的女人結婚後，丈夫也會被列入瑟列格家，琥珀媽媽婚前的姓……糟糕，沒問過！

青鳥抹抹眼睛，現在是眞的後悔了，剛剛應該先問清楚再發飆的，搞不好對方還眞的是他弟。

摀著還會痛的胸口，他嘆了口氣。

果然，現在還不想馬上看見琥珀的臉……他們到底爲什麼要這樣說謊？

就算很想假裝自己不在意，但還是會難過。

他也很想繼續裝白痴。

「唉……」

這樣繼續窩下去也不是辦法，青鳥勉強打起精神，想著先去和小茆等人會合，畢竟現在是非常時期，不能長時間逗留在這邊鬧情緒，聯盟軍還在進攻黑森林呢，得先協助其他人安全才行。

正要聯繫小茆時，黑暗中，青鳥聽見了極細小的聲響，離自己很近，他立刻摸索著將自己先藏進矮樹叢裡。

「您是否要先休息一會兒呢？」

是女人的聲音。

青鳥完全斷絕氣息，關掉身上所有可能暴露自己的儀器，專注聽著，接著他聽到超級熟的男性聲音。

「不用了……泰坦下手還眞狠啊，眞的差點被殺死。我們折損幾人？」

「三人。」

「那還好，比我預估的少。」

「是否要繼續奪下森林之王呢？」

「不用了，沒想到伊卡提安還眞的調得出蒼龍谷的人，有點出乎我意料之外。這樣一來，聯盟軍動不了泰坦，我們就沒必要再來。繼續執行接下來的計畫。」

「是……誰在那邊！」

那一秒，青鳥嚇得差點豎起來，沒想到對方竟然可以察覺到自己的存在。正想發動最高速度逃離現場，左前方就傳來聲響，好像有什麼東西從樹上跳下來。

「污染者，追！」

接著便聽到一堆人跑掉的聲音。

看來自己還沒曝光。

「軍隊統帥手下的污染者眞不少，這些年他還眞努力在養這些……不過應該也剩沒多少了吧，能清的就快清光了，別讓他們再出現在第六星區。」

難道出現在別的星區就可以嗎！

青鳥腹誹了一下這渾蛋。

「幸好阿德沒正面和這些污染者起衝突，他如果看見很多都是他以爲已經死了的團隊朋友……唉，再怎樣一同出生入死的團隊，還是會因爲利益改變。」

接著，那些人就沒再講話了。

過了半晌，開始往反方向離去。

確定對方離得夠遠、不會發現自己的存在後，青鳥才完全鬆了口氣。

「搞什麼鬼……」

□

將最後一粒沙土填上牆壁後，庫兒可很高興地露出笑容。

「好了。」她拍拍手、轉過頭，看著後面的蕾娜等人，「我把通道都堵結實了，這下子應該不會再有人入侵，你們那些人也都安全撤退出去，沒有被埋住。」

黛安摸摸小女孩的頭，微笑地誇讚：「眞厲害。」

「嘿～」庫兒可有點得意。

被泰坦送進通道後，她們果然看見黑森林的人被聯盟軍小隊伍攻擊，還腐蝕掉了不斷絆住他們的綠色植物；不曉得聯盟軍是怎樣找到祕密通道的，總之先出手把那些人都打了一頓，確保黑森林成員們的安全。

依照蕾娜的意思，庫兒可在成員們差不多都離開通道後，就把這條地底下的路給填了，這花了她一點工夫，通道比她想像的還要長，不過好險不用雕塑修飾，只要弄紮實就行。

「就妳這一手，好好訓練後，說不定也可以接護衛團的工作。」黛安越來越喜歡小女孩了。

「眞的嗎？錢會很多嗎？我想買那種乾淨好看的裙子，要很多件！」庫兒可拉著黛安的衣襬，很興奮地追問。

回頭看了眼黛安和那隻小的，走在前面的小茆不發一語。

並肩的蕾娜踏上綠色台階後，才低聲開口：「即使露娜不在，我也希望妳留下來，就像先前說的，妳是我們的姊妹、家人。」

「……」小茆搖搖頭，「我是怪物。」世上哪有本體不在，複製體還留著的事情。

「妳是家人，很重要的家人。」蕾娜加重語氣，握住對方冰冷的手掌，「妳和我們是一樣的，並不是怪物。」

「我……」

「什麼啊？」打斷了小茆才剛開頭的話，庫兒可聽到前面在竊竊私語，就蹦蹦跳跳地插進來，「妳們在說什麼家人怪物？啊？實驗室的事嗎？對了妳還真幸運耶……欸，抱歉，妳的家人被殺了，不能說妳幸運。」

庫兒可吐吐舌，用力捏兩下自己亂講話的嘴巴，才重新開口：「從實驗室出來，家人還這麼疼妳，蕾娜姊還牽著妳，真好。」

「我啊，被家人賣了，他們估計完全不想我，把錢花完後肯定連我是誰都忘了。」

「那些恩客，褲子拉上了，不會有人關心我，也不會跟我吵架。」

「實驗室就更別說了，有哪個變態的實驗傢伙把妳放在心上啊，別想到來踹一腳就

不錯了～」

庫兒可抓住小茆另一隻手，仰起頭，「就算實驗室出來的是怪物，怪物跟有家人這件事又不衝突。蕾娜姊多好，有人要當妳家人多好，又不是只有生養的才可以當家人，自己認爲是家人就行啦。」

小茆愣了一下，停下腳步。

然後……然後她眨眨眼，大顆大顆的淚珠終於忍不住掉落下來，「我好想露娜……我想跟露娜和阿德在一起，想永遠看他們幸福快樂……」

蕾娜輕輕拍著女孩的背，「我也很想他們。」

看著會發光的眼淚在空中劃出光芒，庫兒可不自覺地抬起另一隻手接住，掉在掌心上的淡金色水珠慢慢失去光，成爲普通透明的水。

本來還有點被氣氛和這種奇幻美感染，想跟著一起哭哭家人不愛自己時，庫兒可突然覺得自己被小茆反握住的手痛了起來，然後她就只能煞風景地尖叫——

「痛痛痛痛痛——妳快捏斷我的手了啦暴力女！超痛的快放手————」

正好回到附近的青鳥，目睹的就是這幅凶殘的畫面。

「琥珀呢？」

再度聚集後，庫兒可邊甩著手邊左右看了下，沒看見另一個人。

「和伊卡提安在一起，不用管他們。」青鳥冷哼了聲，有點賭氣地說道。

「吵架了？」黛安挑起眉。

「……」

「看起來是吵架了。」黛安和蕾娜交換視線，思考半晌，再度開口：「是因為我們要詢問他身分的事嗎？」

「嗯。」青鳥老實地點點頭。

看樣子，少年應該已經告訴青鳥相關的事情。打量著青鳥明顯有點委屈又憤怒的面孔，黛安等人也不打算立刻提問，畢竟對方沒特別提出有危險性，所以暫時不用強硬套出口風，等他心情平復些願意開口再說。

靠到青鳥身邊，同樣也眼睛紅紅的小茆沉默地抱住對方。

拍拍小茆白皙的手，青鳥就這樣讓她帶著往前走。

所有人再度回到大廳時，並沒看見伊卡提安和琥珀，附近幾名守衛面部表情不知為何有點恍惚，這讓蕾娜皺起眉，快步走向坐在一旁的泰坦。

「有發生什麼事嗎？」環顧大廳，似乎沒有什麼變化，但蕾娜總覺得好像有哪裡不太對勁，旁邊的守衛們甚至連他們進來都沒反應。

泰坦微笑了下，搖搖頭。

「怎麼有點血味啊……」庫兒可察覺地面深處土壤傳來奇異的感覺，咕噥了幾句。

「什麼？」沒聽清楚小女孩的低語，蕾娜疑惑地轉頭問道。

看見蕾娜身後的綠色能力者衝著自己笑，庫兒可不知為何突然背脊發寒，瞬間似乎感覺到什麼威脅，這讓她連忙揮手，「沒事沒事，自言自語而已！」

還是有點狐疑地看著能力者，蕾娜依舊說不出來哪裡怪異，倒是守衛們紛紛恢復了原狀，好像也沒察覺自己剛才的異樣……不過以前有過幾次泰坦不想被干擾時，也是像現在這樣動手迷暈周遭人的記錄，所以稍微想想，蕾娜便沒繼續追問。

「你們回來得正好，藤傳消息回來，恐怕不太樂觀。」泰坦站起身，拉開空中影像。

「咦？可以聯繫了？」青鳥連忙靠過去看著相當不清晰的影像。

「正常的方式恐怕還不行，這是讓懸浮植物帶回來再記憶重組的影像。幸好聯盟軍還不曉得有這種植物能使用。」泰坦抬起手，讓青鳥看見自己手上幾片像是綠色羽毛一般的小葉子，上面還有些很小的枝椏。

取出的畫面並沒有聲音，應該是原本就不附帶聲音，色彩相當淡，幾近黑白；閃爍了幾下，便出現藤和曼賽羅恩的身影，兩人看來似乎多少受了些傷，不過並不嚴重。

在第七星區的綠能力者無聲講了些話，接著拉出浮空文字，快速排列在畫面上。

「柏特與其家族是強盜團的盟軍……這個已經知道了。」黛安辨認著文字，嘖了聲：「……被他攻擊了，黑梭下落不明，估計是在強盜團手上……他們可能攻擊兔俠本體……強盜團帶著『調魂』在搜索兔俠。」

中途影像又跳了幾下，有些字句被中斷。

聽到黑梭下落不明，兔俠又被襲擊，青鳥下意識看向被泰坦放在椅子上的大白兔，心裡極度不安；再加上琥珀那些事情，他現在有種很想再去怒吼踹樹的衝動。

「咦？」瞇著眼睛看字的黛安吃驚了下，「叫北海的人不是兔俠組織的『頭腦』嗎？」這陣子因爲各種詭異的事，黛安陸續也從阿德薩那邊知道不少事情，準備好能隨時行動協助。

黛安訝異的聲音讓青鳥回過神，也看見了藤傳來的字句。

「北海投降強盜團？」這次青鳥比黛安更驚訝了，「怎麼可能！」

「如果是想要救黑梭，那就有可能。」

冷淡的聲音從後方傳來，幾個人看了過去，正好看見琥珀與伊卡提安踏入。同時，青鳥板起臉、側過頭，站到小茆身旁。

「北海服從的是黑梭，不是兔子，他很可能以黑梭作爲第一考量而遷就強盜團。」當然留意到青鳥刻意的舉動，琥珀頓了下，走向蕾娜說道：「他會帶強盜團去找到兔子的本體，而強盜團手上有『調魂』，被找到只是時間上的問題了。」

琥珀認爲北海應該不知道兔子的本體在哪，黑梭雖然看起來有點不正經，但有些重要的事情他不會交給第三人，八成是藏在只有他和兔子知道的地方，所以北海估計是帶著強盜團去搜索黑梭有可能藏匿的區域，反正「調魂」只要靠近就能夠探查，也不需要非常準確的座標。

抓著衣襬，其實青鳥很想大喊想辦法幫忙他們，但是又說不出口。

「去幫忙吧。」

意外地，開口的是身旁的小茆，女孩微笑地拍拍青鳥的頭，「我知道你想去，第六星區我們會看照。蒼龍谷的人在黑森林，聯盟軍就拿不下這裡。」

「我們會以黑森林作爲據點，開始消除那些會危害普通百姓的叛亂勢力。」蕾娜看著身邊的泰坦，一如往常等待對方的回應；而青年也沒讓她失望，就像這幾年來一樣，微笑點頭、同意她的做法，「不管那些人背後想做什麼，我們都會制止。」

庫兒可歪著頭，看伊卡提安好像也打算留在第六星區，想想就推薦自己，「那我幫你們去救人吧，反正我也很強嘛！」

「倒不如，你們去問問波塞特吧。」看著青鳥那邊人手不足，小茆稍微有點擔心，便說道：「芙西應該還會再停一陣子。你們現在使用潛水船，一來一往能縮短很多時間，單純去救人的話說不定他能幫忙。」

的確還有事情得找波塞特，琥珀開始思考起接下來的行動。

「那麼今晚就請好好休息吧……雖然已經清晨了。」看著各自懷有心事的人們，泰坦收去影像，「蕾娜會替你們準備好此行的物品。」

「啊，對了。」說到物品，青鳥連忙從背包掏出之前的綠色小包，那隻狗在他們回到潛水船之後就變回原本葉子的樣子，也不知道還會不會再長出來，「這個謝謝……」

收回小葉包，泰坦盯著青鳥看了半晌，「……」

「？」青鳥疑惑回望。

泰坦並沒有解釋，只從寬袖裡取出一顆綠色小珠子遞給青鳥，「你可能會需要。」

「咦？欸？謝謝。」青鳥也搞不清楚狀況，總之還是收下了。

「那就請先休息吧。」

離開大廳後，青鳥幾人各自被帶到單人房。

估計是吵架尷尬的關係，蕾娜很體貼地沒像上次一樣安排大房間，這讓青鳥鬆了口氣，不然他心裡現在還不上不下的，有一肚子氣想發，但又覺得再動手不好……剛剛推太大力了，隱約好像有看見琥珀被劃傷。

不過在他完全收拾好心情之前，的確不想那麼快再和對方單獨相處。

等到自己發現時，又很沒用地在流眼淚了。

青鳥一邊咕噥怎麼這麼愛哭，一邊拉起衣服擦擦臉。

跳上床鋪仰躺瞪著天花板，思考著接下來該怎麼辦。沙里恩的事情一定要弄清楚才行，就算他本來沒很在意有沒有父親，但該知道的絕對要知道，他們究竟是爲了什麼原因才要這樣騙他……爲什麼琥珀這麼不相信自己？

他還以爲，琥珀很相信他。

青鳥想了想又想發火，正要跳起來衝著床鋪打時，房門傳來輕輕敲響，門外沒有表示身分的聲音，他於是隨便搥了下枕頭翻下床。

打開門那瞬間看見琥珀的臉，他直接把門摔上。

果然，還是很火大。

「我現在不想看到你！」青鳥拉過桌椅擋到門前，知道對方會自己開鎖，所以把房裡可以搬動的家具都堆好，再大聲地朝門板喊：「回去睡覺！」

外面還眞的就這樣沒聲音了。

青鳥瞪著門，過了五分鐘都沒任何動靜，看來應該是眞回去了，所以他就哼哼幾聲，再跳回床上去揍枕頭。

打了半天終於發洩掉不少，青鳥又躺下來。

看著天花板，就這樣迷迷糊糊地開始睏了。

□

這場覺並沒有預料中睡得好。

本來以爲一晚勞動加上憤怒崩潰的心情應該可以睡到中午，不過翌日睜開眼睛時，

發現自己才睡不到幾小時，正好是太陽初起的時間。

看著堆滿門前的家具，青鳥沉默了幾秒，默默再花一番工夫把家具放回原位。整理好，離開房間，照著訊息上所寫的前往飯廳吃早餐。

一路上可以看見不少黑森林的守衛，幾乎全數都整裝戒備。聯盟軍沒有死心，還布置在外頭，不過估計因爲蒼龍谷的關係，他們的前線比昨晚退了很多，已經退到附近城鎭一帶；當然，城鎭被臨時徵用，當地居民都疏散到集中所。

線上頻道的消息完全被封鎖，竟然沒有任何私人頻道知道蒼龍谷出現在第六星區，就連處刑者同好會都沒，軍方的公用頻道則表示這兩日黑森林附近有叛軍出沒，正在交戰清除中，除了實施宵禁，也嚴禁一般人靠近這個區域，違者會以重刑論處，若是擅自進入遭到攻擊、危及性命，聯盟軍也不負責任何損失。

「看來這一帶消息完全被封鎖……」青鳥閱讀了最近的聯盟軍頻道消息，比較熱門的是中央區現在有年度大型娛樂表演會，吸引不少居民前往觀賞，周圍旅館全都被搶訂一空，討論得極爲熱絡。

青鳥又看了些新聞，一腳踏進飯廳時，看到兩、三名蒼龍谷的成員正在裡面吃早餐，黑森林的成員大概也是第一次看見傳聞中的蒼龍谷，不太敢上前攀談，自動讓出一

小片空間，讓外來的客人變得相當顯眼。

昨晚看見的蒼龍谷起碼有十人左右吧，估計是輪流來吃飯兼補充食物。

「你站在這裡幹嘛啊？」

就在青鳥看著蒼龍谷強大的二頭肌有點發愣時，突然被人推了一把。猛然回神看見庫兒可邊打著哈欠，還有點睡眼迷濛地抓著頭，「不要擋在出入口啦……喔喔！這裡的飯看起來好好吃！」

本來還在抱怨青鳥，下一秒女孩的視線就被長形餐台上可自取的餐點吸引了。

雖然菜色不多，大部分都是青菜類，肉也只有一種，但乾乾淨淨的，看起來就是好吃。

瞄了眼黑森林成員盤內，青鳥看都是葉子，猜測這邊的人都吃素吧……少數有肉，但也很少，甚至有人桌上只有杯水或綠色飲料，其他什麼也沒有。

「我可以全部拿肉嗎？」

一眨眼，庫兒可已經跑到餐台邊詢問正在補菜的廚師了。

青鳥看著有點好笑，正要跟進去時，後面突然有人撲上來，「早啊小鳥！」

「早安小茆。」看來睡不好的也不只自己……

「蕾娜已經幫你們準備好行李了，等等吃飽就可以出發，裡面還有我做的飯糰喔，路上肚子餓可以吃。」小茆牽著青鳥的手，露出笑容：「還有衣服，我也幫你準備好了。」

「……洋裝嗎。」青鳥有點眼神死。

「嗯，我不知道你們會不會再用到瑞比特的形象，但我還是想準備，想看你穿得很漂亮。」小茆勾著唇，說道：「想看你穿得很美，美到讓那些壞人不敢置信，然後你大聲說你就是處刑者瑞比特。」

看著小茆很不一樣的微笑，青鳥有瞬間真的看呆了。

她笑得很溫柔，即使沒有使用能力，青鳥還是覺得對方隱隱約約透出了像是月亮一般柔美的微光。

「你要美得讓人永遠不會忘記有瑞比特這個處刑者。」

小茆低下身，輕輕地在青鳥臉頰上一吻。

之後青鳥有點恍恍惚惚，整個早餐時間都一邊咬青菜，一邊看著小茆漂亮的面孔，連庫兒可踹他都沒什麼感覺。

吃飯之餘，他偶爾會瞄向入口，沒等到琥珀來吃早餐。

隨後雜事打點完畢，所有人再度回大廳集合。

準備好的天風也已經在出發口等待。

看著站在大廳角落的琥珀，不知道爲什麼，青鳥覺得他很沒精神，正想煽動庫兒可去問問時，就看見伊卡提安不知從哪邊冒出來，兩人靠近說了些話，他便打消念頭了。

上午七點，他們再度從黑森林出發。

第九話▼▼▼昔日實驗

芙西分據點被攻入後，很快便以廢棄處置。

這是芙西背後財團的策略之一，設置在各地的據點一旦超過三次侵入，據點當下便以最快速度撤離，然後銷毀；全體人員轉向、並啓動預備好的第二據點，作爲確保所有人員與資料安全的一種手段；而第二據點通常也只有高階人員才會知道，其餘人都是轉入時才曉得位置。這種模式大受頂端客戶們的讚揚。

波塞特知道備用港口的分據點在四年前強盜入侵第六星區時，曾連帶被襲擊過一次，更早以前那次他就不曉得了，很多事物都有鎖密，必須得到授權才可翻閱。

總之，污染者攻擊後，芙西分據點就更換到備用港口的另一端。

一大早接到琥珀的聯絡，波塞特看著還在休息的佩特與海特爾，邊回訊息邊開門，接著就被杵在門外的某人嚇到。

「我靠，你不會一個晚上都站在外面吧？」

瞪著站得超筆直的沙維斯，波塞特關上房門。

沙維斯搖頭，「芙西據點的守衛配置做得很好，不須守夜。」

「那你站在這裡幹嘛？」雖然有點沒禮貌，不過琥珀傳來的訊息有點長，波塞特還是趁著有時間一邊閱讀一邊問道。

「我想離開，來打個招呼。」污染者攻擊後，沙維斯並沒有問出眼前這對兄弟的來歷，但他自己做了決定得先去找伊卡提安，便不打算逗留。

「……你要去找伊卡提安是嗎？我把這裡的事情發訊給朋友，他說伊卡提安現在人在黑森林裡協防。這兩天聯盟軍襲擊黑森林，所以你不要過去比較好。」琥珀明確說了不要讓沙維斯過去，波塞特於是這樣轉告，雖然他也不知道爲什麼不要這人過去。

「黑森林被襲擊？」沙維斯皺起眉，他離開之前並沒有收到這種消息，通常與能力者相關的任務都會通知他，在必要時讓他出手。

「還不知道是誰的命令。」不過看陣勢那麼大，要說總長不知道估計不可能。波塞特聳聳肩，「你脫離聯盟軍就不用管了，省得我哥又在那邊擔心有的沒的。」

「……」沙維斯思考了半晌，再度問道：「那麼上次布偶能力者那些人呢？是否方便……」

「琥珀他們正往這邊過來，我要出去接他們。」波塞特抓抓頭，說道：「你要跟就跟吧。」總比留在這裡好，他不太想讓海特爾跟有問題的人走太近。

波塞特說完，直接往大廳走，果不其然，青年也跟上來了。

踏進大廳，就看見帕恩幾人正在裡頭，似乎剛從外面回來，護船隊成員們的制服都

還沒換下。

「兩週後啓航。」帕恩與波塞特打了個招呼。

「咦？延這麼久？」波塞特有點訝異。

芙西靠港後，原本過幾日就要按照預定行程再次移動，後來因異變島等等變故延了數日，現在似乎得延期更久。

「聽說第四星區那邊正在內部整肅，加上最近一些大大小小事件……我是這樣猜想啦，不過船長說，芙西擁有者什麼理由也沒告知，就只是將船期後延。」這和琥珀他們去了第四星區有關嗎？帕恩也不曉得。

「眞奇怪……」波塞特滿頭疑問。

「即使如此，船上事務還是不能放下，天亮前我們才打走一批宵小，煩死人了。」拍拍白色制服上的灰塵，才剛下崗的帕恩看了眼沙維斯，「最近眞的很奇怪，你們務必都要小心，我甚至收到烏爾出現在附近海域的消息，你盡量不要再招人注目了。」

波塞特皺起眉，「來湊什麼熱鬧啊這些渾蛋……」竟然跟到第六星區？看來之前炎獄在芙西出手的消息檯面下已經流通開了。

帕恩按著友人的肩膀，壓低聲音，「總之，保護好自己，你才能保護其他人。」

稍微又聊了幾句，幾名護船隊便逕自走向後方休息了。

帕恩等人離去不久後，就有人通報琥珀他們到來。

站在一旁的沙維斯看著三名小孩被引進大廳，便盯著與伊卡提安極度相似的湖水綠。他初見琥珀時絲毫沒有任何熟悉感，看到伊卡提安的真面目時，想到的也只有竟然和這名少年如此相像……果然連一點相關記憶都沒剩。

「我和他不熟，什麼都別問。」琥珀一進門，立刻感受到強烈視線，不用想也知道原因，直接扔一句過去省麻煩。

「……」沙維斯現在不知道該從何問起了。

「什麼不熟？」波塞特一臉問號。

「沒事。」不想解釋伊卡提安的事，琥珀看了眼整張臉轉開的青鳥，嘆口氣，「兔子的事你看了嗎？」

「看了，芙西近期還不會出航，我可以幫忙。」雖然有些訝異柏特和背後家族與強盜團聯手，不過波塞特覺得好像也不算太意外。那些有大家族背景的，在想什麼不是他們這些普通百姓可以理解，估計就是爲了各種私利吧。

「什麼幫忙？」

打斷波塞特的話，幾個人一轉頭，看見海特爾與佩特踏進大廳，「小波，你又要去哪？」

「去幫朋友點事情，他們現在有危險，很快就回來。」波塞特不打算把大白兔的事講清楚，反正琥珀說有潛水船，一趟來去時間很短，佩特他們應該不會想得到自己要跑去第七星區。

「不行，這次我不同意。」

意外地，佩特什麼也沒問，語氣強硬地打斷，「不管是什麼朋友都不會比你哥重要，不准離開。」

「……咦？就幾天……」

「幾天也不行！」佩特看了琥珀和青鳥一眼，語氣有些不善，「昨天污染者的事情……總之你不能離開，他們一定會再來。」

「啥污染者？」跟來的庫兒可歪著頭發問。

「新來的？」波塞特沒看過小女孩，不知道該不該在陌生人面前把話講白。

「從實驗區裡帶出來的，以後會歸在月神下管理。」琥珀輕描淡寫地說道：「污染者的事，換個地方說吧。」他這趟過來也是要順便處理這件事，畢竟在傳訊中，波塞特

也有描述過。

「小波……」

「我們先換個地方再說。」波塞特不是沒發現佩特明顯的敵意，不過他不想在大廳吵架，於是先打斷女性的發話，「這裡人太多了。」

「你——」

「走吧走吧。」

離開人來人往的大廳後，波塞特借用了船長專用辦公室，空間較小，但絕對安全。

「這就是從那些污染者身上掉下來的東西。」有點感激船長刻意留下的樣本小盒子，他遞給琥珀，「捕捉到的身上也有，這些全都被植入皮下加上訊號極微，所以芙西據點一開始沒有探測出來。」

看著透明盒子裡的樣本，琥珀將其靠近自己的手腕儀器，讀取內容，「被設定成能自毀的模式，這裡面沒剩下多少東西。」

「嗯，可能是一被我們抓到馬上就銷毀吧，還不知道傳出去哪些。芙西的『頭腦』正在嘗試修復。」雖然琥珀很強，但波塞特認爲芙西的頭腦群應該不會輸到哪裡，「當然也有順著同樣訊號往回追查，或許可以找到起始點。」

琥珀點點頭，「我們知道污染者是哪來的，問題是爲什麼接二連三找你們。」

少年說著話的同時，沙維斯也轉向海特爾，隱約覺得對方的表情有些心虛。

「能力的關係嗎？」波塞特抓抓下巴，疑惑。

「你是什麼能力者啊？」青鳥歪著頭問道，他還眞沒親眼見過波塞特的能力……對方就算沒用能力，身手也不是普通的強。

「啊哈哈哈哈……」再度覺得自己當初騙好玩的舉止很幼稚，波塞特有點尷尬，「禁忌系列的。」

「雷火系？」瞪大眼睛，青鳥很驚訝。

「炎獄。」波塞特摸摸鼻子承認。

「……原來就是你。」他還一直覺得會是個八塊肌又威風凜凜的護船隊啊唉……

「等等！你失望什麼啊！竟然給我失望！」波塞特挾起小孩，直接用拳頭轉對方腦袋。

「嗚啊啊啊——不是八塊肌啊啊啊——」

「好歹還是擠得出來肌啦！」

「咦！擠得出來嗎！」青鳥訝異了。

「……」波塞特有種想將手上的傢伙往牆壁掄上去的衝動。

「別鬧了。」佩特有些不悅地打斷吵鬧，「在講正事，別玩。」

波塞特吐吐舌，放掉手上也有些驚嚇的青鳥。

「比起『炎獄』，我比較在意的是他們是衝著『兄弟』而來，也就是說目標不一定是能力。」也等著打鬧結束的琥珀再度開口，然後轉向先前初光要他注意的對象，「海特爾是不是也有什麼非得取得不可的物事？」

「我哥身上什麼也沒有，他又不是能力者。」波塞特皺起眉，雖然這樣說，但他也覺得自家兄長神色有些怪異。海特爾本來就不是善於說謊的人，現在一問就不對勁，讓他開始有點動搖，不再那麼確定了，「眞的……沒有吧？」

「他們兄弟的確只有小波是火系能力者，海特爾身上什麼也沒有，從我們救起他第一天開始，就沒任何東西。」佩特橫瞪了波塞特一眼，「他最正常不過了，如果有什麼能力，還須要被保護嗎。」

「他不是能力者。」能分辨眞實能力的沙維斯，確定對方只是普通人。

「……那你認爲我是能力者嗎？」琥珀瞇起眼。

「你是普通人。」不知道爲什麼對方會這樣問，沙維斯仍老實回答。他並沒有從湖水綠少年的身上感受到什麼能力，打從第一次見面開始，他就確認對方不是能力者，只是有張和伊卡提安很相似的面孔。

「見鬼的普通人。」波塞特嘖了聲，「這年頭自稱普通人的都很見鬼。」還有一個也很見鬼的就叫帕恩。

「如果，污染者要的不是能力呢？」留意到海特爾的表情有細微變化，琥珀冷冷地說道：「不是能力、不是外在物品，而是像這樣的東西呢？」抬起手上的樣本，他筆直地看著對方心虛的眼睛。

海特爾轉開視線，很想遮掩掉自己打從心中蔓延而出的恐懼。

「等等，眞的有嗎！」拽住自家兄長，完全不知道有這回事的波塞特聲音大了起來，「他們還要你做什麼！除了那些骯髒事，你還做了什麼！」

海特爾咬緊下唇，塵封的記憶突然清晰浮上，他恐慌到連波塞特的手都無法撥開，眼前一片發黑暈眩。

「小波！不要這樣對你哥說話！」佩特推開波塞特，將海特爾拉到身後。

「你發什麼抖！有話就說清楚啊！」對方什麼都不說反而讓波塞特無法抑制的怒火

冒出來，一絲細小的毒氣捲繞空氣時，他順勢按掉桌邊燃起的小簇火焰。

正想去把人拽出來，銀光劃過空氣，刀鋒擱擋在他面前。

「別人家兄弟講話你插什麼手！」火大地瞪向旁邊沒表情的沙維斯，波塞特低吼：「干你屁事！你誰啊！」

「他很害怕。」沙維斯站到佩特前方。

「誰不怕，我一想起那時候的事情，就怕到連睡都不敢熟睡，擔心睜開眼睛再度看到那些人……不然你以為我為什麼非得找到黑島不可！」緊握住手掌不讓火焰再度失控，波塞特用力深呼吸幾次，才盡量壓下心裡沒說出口的憤怒情緒，「就是越害怕，才更要找到那些地方，不管黑島存不存在，都得毀掉那些實驗室，我不想再這樣害怕下去，也不想世界上唯一的親人繼續擔心受怕下去，你是我做這些事情的動力和勇氣，還不懂嗎？」

好不容易，琥珀他們得到實驗室的資料……好不容易，他們沉了那座實驗室……如果循線毀掉後面的勢力，波塞特就能完全了結自己的心願和他們的過去。

「你連告訴你唯一弟弟實話的勇氣都沒有嗎？」看著躲在別人身後、一句話都不說的海特爾，波塞特有點難過。他知道海特爾怕什麼，他就是難過對方寧願藏在心裡什麼都不告訴自己。

橫擋在中間的沙維斯默默收起長刀，然後轉看向佩特後方哭到不行的海特爾。

「我……」海特爾發出很低的聲音，馬上停住。

掛在旁邊當裝飾的青鳥和庫兒可兩人連忙將乾淨手巾掏出來，遞給剛剛發表掏心掏肺話語的波塞特。

現在才想起來還有一大堆外人在，波塞特這下真的尷尬了，只好接過手巾，動作不太自然地遞過去，「快擦一擦，把事情講清楚，我們再來商量該怎麼辦……事情一定可以解決的……」

「等等。」海特爾接過手巾，半張嘴著呼吸，發出扭曲的聲音：「我鼻塞了……」

他哭得整個鼻子塞住了，根本講不出話。

那瞬間，波塞特真的爆青筋憤怒了。

「他媽的！我殺了你這個鼻塞——」

等待海特爾洗臉整理自己的空檔，琥珀利用船長辦公室裡的器具，沏了一壺冒著香氣的水果茶，替所有人都倒上一杯。

很會看人臉色的庫兒可端著兩個杯子，走到辦公室另一端遞給青鳥。

「對了，你們確定VT8眞的沉掉了嗎？」波塞特接過茶水，趁這空檔問道。

「……欸？所以他也是？」搶在琥珀開口前，剛剛就很想問的庫兒可眨眨大眼睛，盯著波塞特看，「喔！的確好像以前有聽過火系實驗品……」

「那隻野貓就是VT8撿回來的，是土系的實驗品。」琥珀瞥了眼小女孩，回答：「離開前，我確實銷毀島內所有資料，但無法保證這些資料是否和其他分區相通，下載的資料庫裡也有其他分區的座標……」

「除了8、9之外還有其他的？」波塞特皺起眉，「資料庫裡有什麼？」

「……我先解釋分區吧。」看來得從最開始的部分講，琥珀嘆了口氣，正好海特爾從盥洗間走出來，他便繼續說道：「你們所謂的實驗室，其實只是分區生活島的一部分，這些生活島是初世代的遺留……嚴格來說，應該是母星最後一批產物。」

「人類從母星逃出來時，使用的是足以橫渡漫長星河數千年的龐大艦隊，上面載有許多資源，這點大家應該都知道。航行在星河中，有些因意見分歧而離去、有些因事故毀滅，最後到達新世界的是由五大家族爲首的『凱達斯特』航艦。」

「最初時，人類並不是一開始就在星球上落腳生存，這個星球原本不適合人類，所以人類依然生活在巨大艦艇上，直到一點一滴改善周遭環境後，才逐漸遷移。這時的艦艇也分散成許多小艦艇……它原本就是這種設計，核心母艦能隨時召回重組。」

「跳過中間那些發展歷史，所謂的分區生活島，就只是其中一個小艦艇，VT8、9，也不過是其中兩個分區。這兩區各有一半是實驗專用區，住著的都是各式各樣研究者、科學家。這些事情都被聯盟軍改寫了，導致現代新世代人們完全不知道有這些存在。就和武器庫一樣，他們認為那些是污染、被排除切割的異變島，這樣可以很方便某些人使用。」

琥珀頓了頓，環顧一室訝異的人們，不意外他們的反應，「VT8看來以前是塔利尼家族的人管理，後來被奪走，才變成現在的樣子吧，目前裡面似乎沒正常居民。」上次進入時，的確是死寂的海下小城市。

「等等，你說小艦艇……全部到底有多少那種東西？」波塞特覺得有點暈眩。

「『凱達斯特號』全部可以分割成二十座艦艇，加上核心母艦是二十一，母艦的編號應該是『VT-0』。就我所知的範圍，後十架在初代時已被拆除作為星區建設運用，它們被設計成一確認能生存後，就可立即作為基礎建材來改用，所以裡面沒有太重要的區域。三、七島度過星河時就已經受損，無法再運用，沉入海底保存等待維修，其餘的作爲資源被各家族掌握後就消失了。唯一特別的十島在大戰中毀滅——十島在某年被私人買下，獨立於某個自治島研究些古代技術，是被七大星區認可的存在，不過上世代戰爭爆發時遭到襲擊，後來撤銷了。」琥珀拿起溫熱的杯子，「我知道且能完全確定的就這些。」

「十島……VT10……」總覺得剛剛那些說法有點耳熟，青鳥啊了一聲：「大俠搞不好是十島出來的！」

話一說完，他才想起自己還在吵架狀態，馬上閉嘴。

「也就是說，還有好幾個類似的存在。」波塞特握了握拳。雖然早有心理準備，不過沒想到數量比他估計的多。

「或許存在、或許不存在，也或者早就變成星區的一部分，這些都是五大家族的機密；關於後續運用，他們並不太樂意分享資訊給其他家族。不過在大戰後的確協議所有科技都必須封鎖、包括這些初代科技……就和我以前說過的一樣，有人抱著貪婪之心，仍恣意在使用這些東西。」大致上解釋了分島區域，琥珀才繼續原本話題，「分區在初代是相連繫的，也互有彼此移動座標，若沒被刻意抹滅掉，可以由座標計算並列出路線運行軌跡——若是它們還有在確實運作，就可以藉此找到下一個。但是唯有母艦無法取得，所有艦艇在無授權的狀況下，不能直連母艦，只有艦長或指定的家族才能使用。」

「被指定的家族……瑟列格？」坐在一邊的庫兒可呆呆地接話，雖然長年被關在小房間裡，不過基本的五大家族她是知道的，「神的家族？」

「這就……」

「第一家族。」打斷的琥珀的話，正在補充水分的海特爾低低地開口：「被指定的家族……是第一家族……」

「多萊斯？」波塞特直覺想到第一星區的高科技家族。

海特爾搖搖頭，「不是……我只聽說是第一家族……不知道確實的名稱，但是和五大家族無關的樣子。」

佩特啊了聲，表情變得有點驚訝，「這麼說起來，在海上時的確有聽過一些傳聞，但沒被證實過。」頓了頓，她繼續說道：「檯面下曾聽聞除了五大家族之外，當初還有一些比較小的輔佐家族在初代時付出，不過很少有人知道，這些小家族現在也都已經不存在了。」

巨大的星艦乘載人類度過星河，至今歷史上被崇拜的名字只留下比較知名的五大家族，其餘零散的小家族，或是普通倖存的人類們早已被遺忘。

聯盟軍教導世人的歷史，也僅提及五大家族的功績，藉以讓人們更加推崇這些初始家族與人類。

「會被用『第一家族』這種稱呼，肯定不是小家族吧。」波塞特挑起眉，「應該比五大家族還要更大？」

「這眞的就……」海特爾有點求救地看向琥珀，後者則是一臉「自己什麼也不知道」的表情。

「算了，不知道的就先跳過吧。」看樣子琥珀應該不會再講其他的，波塞特很果斷地放棄現在追問，百分之百是浪費時間，所以拉往了另一件他更在意的事，「那就換你了。」

「……」海特爾抬起頭，看見全部的人都對著自己看，突然有點不知該怎麼開口。

「呃，還是我們這些不相干的人先出去……」青鳥連忙想起身。

「沒關係，我相信你們。」雖然有個沒見過的小女孩，不過海特爾還是肯定地點了頭，「反正都已經找到這邊來了……」

「洩露者殺。」沙維斯將手按在刀柄上。

有點感激地朝青年笑了下，海特爾鼓起勇氣，然後站起身，走向琥珀。

「你只要用你的儀器探測，就知道是怎麼回事了。」

他將手按在胸口，看著對方。

所有人被轟出船長辦公室。

大約過了十分鐘，單獨與海特爾留下的琥珀才在一堆人的沉默中重新打開門，「可以進來了。」

率先衝進去的波塞特剛好看見他哥整理上衣的動作，立刻轉看後面的少年。

「你以爲我會吃他嗎？十分鐘吃個人也太撐。」琥珀瞪回去，冷笑了聲。

「你應該沒有對他做多餘的事吧？」第二個走入的佩特極度警戒地看著琥珀，然後走到自己養大的孩子身邊，上上下下檢視。

「妳認爲我當場把他心臟挖出來嗎？那裡面的東西對我來說沒什麼價值……」

「心臟？」完全沒把話聽完，波塞特聲音陡然大了起來，後面陸續進來的幾人也不約而同停下重回座椅的腳步。

「怎麼回事？」沙維斯瞇起眼眸。

「你之前知道裡面是什麼嗎？」琥珀看了眼事主。

海特爾搖頭，「只知道有東西……」

「講清楚！」波塞特覺得自己快崩潰了，他還以爲他哥眞的能完全脫離那地方。

「我們被抓走之後……應該說你被抓走後，我很害怕那些人會對你不利，所以自願替他們做雜事，換取晚上能陪你的時間……然後實驗你那五人小組裡，有個叫寇奇的，記得嗎？」再次回想起往事，海特爾還是忍不住打從身體裡輕輕發起抖，「很瘦弱，染了紅色皮膚……」

「有口像鯊魚牙齒的變態？當然記得，他每次都在我面前踢你，就是想知道『炎獄』能力可以發揮到多少。」波塞特咬牙切齒地哼了聲，即使當時很小，但很多事情絕對不可能遺忘，就像烙印般一輩子刻畫在記憶深處，「我最想殺的就是他。」

「寇奇一直很想離開黑島，他說他也是被抓來的……」當時天天都在幫對方打掃極髒亂的研究室，海特爾盡量不讓自己清楚想起那股氣味，繼續說道：「他很憎恨黑島、憎恨實驗室和研究品……他每天都這樣說……」

「我完全不會可憐他，你也少去想那些。」就算是被抓來的，但那些人虐待所有實驗品是事實。波塞特就算不用想，也知道同區出來的庫兒可曾遭遇過什麼，「他們都該死。」

「我不否認，但是也不同意，很多研究者都是被強迫的，和我們一樣，在那種地方他們也不會正常。」隨著年紀增長，海特爾有時在夢裡重回那些地方，會看見那些大人們的憤怒和咆哮，以及對著實驗品宣洩所有壓力和不滿。或許不少研究者是眞的殘虐，不過也有不得不變那樣子的人，那一張張面孔上、失去理智的眼睛裡，有時候隱隱約約藏著驚恐和悲傷。他很害怕那些成人、那些事與所有的一切，可是裡面確實也有和他們一樣可憐的人。

「再說一次，他們全都該死，不要再提有誰身不由己，再講你就是對不起那些被殺死、和我們一樣的小孩。」波塞特壓下心裡的怒火，重新調整自己的束縛，剛剛已經衝破一次，依照他現在的情緒，必須比平常壓制更多才行，「我只想知道他們對你做了什麼。」

「好吧……總之，寇奇有批很複雜的古代資料，他總是把這些東西弄亂到找不到，所以他教我母星的古語，要我每天幫他把資料排列整齊，方便他破解。」喝了口茶，海特爾停了幾秒，直到新一波恐懼稍微平息後才再度開口：「然後……然後有一天……那幾天我沒去你房間哄你睡覺……」

「我被他打成重傷那幾天？」波塞特皺起眉，「他不知道發什麼瘋，那幾天拚命揍

我，其他人忙著收拾善後和治療，我負責失去意識躺著的那幾天？」的確有那麼一段時間他覺得自己八成死定了，渾渾噩噩地就只想著死前該怎麼做才能讓海特爾離開這種地方，但那時候的自己完全沒有任何能力，也做不到。

直到現在，他也不一定有做到。

「嗯，他家人的忌日……他好像受夠了，說只要我接受他的條件……他就……考慮偷偷把我們放走……所以我接受他的條件……」海特爾低下頭，緊緊握住茶杯，完全不敢看兄弟越來越憤怒的目光，「那些古代資料裡可能有什麼重要的東西，他不想被研究室知道……然後一一植入到我身體裡，因爲是微細片所以偵測不出來……」

雖然聲音很小，但是波塞特還是聽得很清楚。

所以他無法克制自己。

「你這白痴！既然是重要的東西，他哪可能放我們走！你白痴啊！」

一把拽起坐在椅子上的兄弟，波塞特才不管摔破的杯子是不是船長很喜歡的杯組，直接踩過碎片將對方甩上牆壁怒吼：「你在想什麼！那種根本不可能實現的事情你拿什麼命去拚！我是能力者，我倒楣天生就是個能力者！要死我去死就好了，你這什麼都不是的普通人陪什麼葬！你到底有什麼資格跟著去送死啊！你根本沒那種資格啊！」

「小波！別這樣！」

佩特衝上前推開波塞特，正要抓住對方讓他冷靜點時，波塞特甩開她，直接衝出辦公室，甩上的門還發出像要破碎的巨大聲響。

看著地上被融化的杯子碎片，海特爾靠著牆壁，有些發怔。

他沒想到會把自己那個白痴又愛罵別人白痴的弟弟給氣哭，波塞特剛剛的表情看起來比自己還要害怕，又恐懼又害怕，就是在實驗時被打成重傷也沒看過他有這種表情。

「還好嗎？」

被拉了一把，海特爾才回過神，發現沙維斯拉著自己的手臂，他才沒整個人摔在地上。

「呃……嗯，沒事。」

雖然面孔很蒼白又微微顫抖，不過沙維斯看對方應該沒問題了，便鬆開手，轉向坐在另一邊的少年，「他被植入什麼？怎麼取出？」

「哼，取出嗎？你要整個挖出來嗎？」琥珀轉開頭，「拿不出來了。」

「什麼意思？」沙維斯追問。

看了海特爾一眼，琥珀其實也不想說這麼殘忍的事，「他的心，整個被加工過了，雖然看不出來也很難偵測，不過只要隨便一動，瞬間就可以回母星安眠……你們說那個叫寇奇的，根本沒有讓你活著的打算。你弟說的沒錯，你眞是白痴啊。」

海特爾退了一步，覺得全身發冷，但卻沒有很意外，「我大概可以猜得到……」只是聽別人眞的講出來，還是……

「那麼，只要找到那個叫寇奇的，就可以恢復嗎？」沙維斯思考了下，依照自己的能力，他認爲要找出研究者應該不會太難。

「找不到了。」海特爾在琥珀之前先開口，有點訝異自己竟然還能苦笑，「他死了，寇奇在我們逃離實驗室的前一天，就死了，因爲行爲不當，危害到實驗室……在前一天被處決。我親眼看見他在廣場被活生生、被某種溶液腐蝕到連骨頭都不剩……」

所以隔一日他們得到機會逃走，無論如何都要逃走。海特爾看過太多小孩死掉，幫忙清理太多看不出原型的屍體；寇奇死掉那天的慘號聲一直迴盪在他耳裡，所以他拉著波塞特死命地逃。

直到，他們重新看見光，落入海中。

「眞的沒有辦法了嗎？」

室內一片死寂，忍受不了這種氣氛，庫兒可打破寂靜，小心翼翼地詢問琥珀：「你那麼聰明，可以想到啥吧？你看我跟他們都是同個實驗室的，一樣都很可憐，應該要幫忙想點什麼吧？」

「……可能要找泰坦試試吧，但現在他們也自顧不暇。」琥珀嘆了口氣，「我估計得花不少時間，黑森林現在也遇到麻煩，起碼得等到他們穩定。」

「污染者已經攻進過芙西據點一次，很快會再有第二次——如果他們確實要海特爾身上的資料和波塞特的能力。」沙維斯按著刀，「殺光黑森林外的聯盟軍能解決嗎？」

「請不要這麼做。」海特爾立刻說道：「我不想因爲這種事情傷害別人。」

「而且你殺光聯盟軍也沒用，會再有下一批，他們的目標就是泰坦，現在伊卡提安和蒼龍谷擋著，等他們自己退兵就好了。」琥珀雖然不覺得聯盟軍有什麼可憐，但隨便出手不會有太多幫助。

「不如這樣吧。」青鳥打斷幾個人的話，連忙說道：「既然要避開污染者又要等泰坦，我們本來也要找波塞特去第七星區……要不然海特爾也一起來？他可以藏在潛水船裡，那些壞蛋不會想到的！至少可以避幾天。」

「這個很強的大哥也可以一起來嘛，這樣你們就不用煩惱要去哪邊躲啊。」庫兒可見狀趕快指著沙維斯跟著答腔，「說不定我們回來，黑森林那邊就安全了，就可以快快去找泰坦啊，船上的東西還很好吃，不會餓肚子。」

冷眼看了兩個矮子，琥珀眞不想接這種麻煩。

「也是種辦法。」佩特想想，認爲的確可行，「總比在這裡一直被那些污染者找麻煩得好，你和小波暫時讓他們找不到，我會比較安心。」

「對啊，先躲幾天避避風頭，剛好波塞特也可以幫我們救黑梭。」青鳥咧著笑看向沙維斯，「沙維斯閣下如果來更好……」

「他還要去找伊卡提安。」海特爾搖搖頭，不想因爲個人因素再麻煩友人。

「不，我一起去。」沙維斯盯著讓他覺得很怪異可疑的琥珀，打從心底不信任這個湖水綠，也無法相信另外兩個小孩可以保護好人，「伊卡提安的事，可以緩延。」雖然他非常在意自己失去的部分記憶，但也不想再失去能讓自己放心鬆懈的朋友。

他知道以前他曾有過，但已經隨著記憶消失，就只剩現在這一個。

伊卡提安很強，沙維斯確認在自己回來前，對方絕對可以安然無恙。

「佩特呢？」只能接受一堆人要搭船的事實，琥珀無奈地看著女性，「一起？」

佩特笑了笑，搖頭，「我不是目標，比較安全，就留在這裡等大家回來。」多一個

人，在移動上就會多麻煩，即使她有能力保護自己，也想將風險減到最低，「還有酒館，等解禁之後得回去整理。」

「那就這麼決定吧。」

將訊息傳向潛水船，琥珀讓領航員先預做準備。

稍微再討論一下後，海特爾退出辦公室。

那種要出航的細節他不太懂，既然沙維斯要前往，他便抱著麻煩對方的歉意心態，讓他去安排了……沙維斯本人也這樣說。

所以後續問題幾乎就是琥珀和沙維斯討論，佩特偶爾提點意見，於是他便默默地溜出來，打算先去找不知道跑哪去的波塞特。

幸好問過幾名守衛後，得到了確切的位置。

波塞特其實也沒跑遠，大概是怕眞有污染者再衝進來，所以沒走多久，就看見他獨自坐在花園邊，背影有點蒼涼。

「你現在不要來煩我，我絕對會揍你。」

那個背對自己的蒼涼背影扔來口氣極差的話。

「你真的很沒禮貌，對哥哥起碼要有點尊重。」海特爾呼了口氣，還是走過去，就在對方後面坐下來，背靠著背，像以前小時候他們在家裡一樣，坐著、靠著，玩著自己的玩具，卻又能互相開心地聊天。

「……」

「不管你怎麼想，只要有任何可能，我都會去試，即使那很蠢。」在那個沒有人能救他們的地方，早就沒有奇蹟和希望，不過海特爾還是願意賭，自己變得如何他不在意，但只要有萬分之一的可能性，他依舊不會後悔去做。

「蠢死了，你這白痴。」波塞特吸吸鼻子。

「你也是白痴，我不須要你去毀滅所有實驗室，我只想一家人一起生活。」他很想用僅有的時間和家人在一起，每天過得快快樂樂、自由自在，就這樣的心願而已。

「你才白痴，沒有安全，怎麼可能好好生活，我不要你活在陰影裡。」

「你白痴啊，那陰影不可能會消失的，就算他們死光也一樣，永遠都不可能會消失……但是有你和佩特在，就都無所謂，能夠完全無所謂的。」海特爾也吸吸鼻子，拿出剛剛的手巾，不想再鼻塞。

「你絕對白痴，總有一天我或佩特會不在，我一定要確保你不會再有危險……」波塞特用袖子擦擦臉。

「你這白痴，總有一天我們都會不在，但是我們擁有我們都在的時間，不就好了嗎。」海特爾嘆了口氣，「確保安全，就算你不在，還有什麼意義？我連最後一個親人都沒有了，有什麼意義？在實驗室裡，對我來說這是最奢侈的事，爲什麼離開實驗室、得到自由，卻還是這麼奢侈？」

波塞特沉默了。

海特爾閉上眼睛，將所有重量都靠在兄弟的背後。

過了好半晌，波塞特就聽到後面傳來某個傢伙就這樣給他睡死的平穩呼吸聲。有瞬間還眞想把背後的白痴給打醒，波塞特終歸還是只再嘆了口氣。

「就是因爲這樣，才絕對要確認他們不會再出現在這個世界裡。」

第十話▼▼▼隱藏的本體

當天夜裡，帕恩從芙西據點領出一隊人。

雖是宵禁，不過芙西地位特殊，加上護船隊能幫助聯盟軍，所以並未被特別管制，在街上移動時也沒引起任何注意。

於是他們一路通過巡檢，到達隱蔽的海岸邊。

「我就送你們到這裡了，去第七星區時各自小心。」帕恩解下腰邊的小包裹，拋給波塞特，後面的隊員當然是已經易容到和本人差距很大的其他人，「裡面是高級壓縮能源，這些都足夠芙西來回六、七星區好幾趟；現在第六星區半戒嚴，一般人要弄到不容易，是船長特別幫你們準備的，希望你們的移動工具適用。」

「謝謝，回來我再請大家喝酒。」與帕恩擊了下掌，波塞特相當感激地收好船長的禮物。關於處刑者的事他們沒告訴芙西的人太多，不過船長和隊長估計猜到了部分，他提出暫時離隊後很快得到批准，隊長甚至還保證會好好保護佩特，不讓她再受到騷擾。

「看起來好像沒什麼接駁船，眞的沒問題嗎？」帕恩看著黑暗的海域，有點擔心。

「嗯，謝了。」

送離帕恩後，波塞特走回岸邊。

「走吧。」琥珀確認四周完全沒有其他人後，聯繫了潛水船，讓在海底下等待的領航員靠到岸邊，打開通道。

「哇塞，改天應該問問你們能不能多找一艘來。」雖然已經聽過來源，不過第一次看見潛水船本體的波塞特，打從心底覺得這些人還眞不是普通詭異，竟然連這種初代的東西都能弄到手。

站在一邊的海特爾也睜大眼睛，訝異地看著潛水船。

進到內部後，他更驚訝了。

「歡迎回到VT8接駁專號。」

站在光裡的領航員記錄下新乘客，「編號VT8－99EX061，領航員代號Eilis，很榮幸再度爲幾位服務。」

「下次不用再講前面那些介紹了。」琥珀擦掉臉上的僞裝，確認所有人都進入後便關閉通道，讓潛水船開始下沉，「前往預定座標。」

「這個是能源。」波塞特連忙取出船長準備好的袋子，接著看見旁邊的牆面開了個洞，他想應該是虛擬女性要他把東西放進去，就全倒了，接著牆壁又重新塡滿回原本光滑的模樣，「能用最快的速度嗎？」

「最高速度會消耗二分之一的能源。」計算總能源量，領航員說道。

「會引起海中爆炸嗎？」已經安裝過新系統的琥珀看著顯示的數據。

「是的，依照本船目前配置，有80%機率會引起海中莉絲爆炸，故不建議使用最高速度。」領航員啓動了潛水船先啓航，繼續交互計算能源量與速度，「您可以考慮第三階的速度，有25%機率引起爆炸，預計六小時又四十分三秒到達第七星區指定座標點。」

「二階呢？」

「有50%的機率引起爆炸，預計四小時又十三分五秒到達，不建議使用二階速度。」

聽著那些數字，波塞特有點驚訝潛水船竟然比芙西快上那麼多，芙西已是現今星區海上最快的船了……果然科技還是有差別，不少人懷念高科技時代的確有他的道理。

最後還是決定用不會引起爆炸的快速，波塞特聽著琥珀說不想拿整船的人命去賭黑梭和大白兔的命，然後看見一旁的青鳥露出有點想反駁，但也沒講什麼的表情。

「到達第七星區後，你們打算如何著手？」維持著黑髮的顏色，並不打算立刻換掉改妝的沙維斯抱著長刀詢問。

「既然北海已經投降強盜團，那就先找到藤和曼賽羅恩，立刻奪回大白兔本體。」

黑梭被捉了有些時日，如果不是在第一時間死了，就是還能活一段時間。所以琥珀並不打算先去救人，而是得先處理可能還沒落入強盜團手裡的兔子。看了眼躺在一邊的大白兔布偶，他繼續說道：「這段時間我會入侵第七星區的主機，探查黑棱下落……行動上就得請波塞特幫忙青鳥。」

聽到對方是叫他的名字，青鳥皺了眉。

「海特爾與他弟留在潛水船上，我去會比較快。」沙維斯稍作思考，說出讓人有些意外的話，「我比他強，而在深海中保護海特爾，芙西船員綽綽有餘，尤其是炎獄。」

沒想到沙維斯竟會主動提出協助，海特爾反而有點擔心，「可是……」

「只是要判斷能力者在哪，我並不會輸給『調魂』。」這才是沙維斯的主要考量，「會比你們隨便摸索快。」與其浪費時間找，還不如用最快的方式處理，也能縮短曝光與危險。

「這麼說也是。」琥珀點點頭，「你自己願意最好。」

沙維斯的提議波塞特當然沒意見，不管是找人也好，保護他哥也好，他們兩人各做一項基本上沒太多差異……好啦，沙維斯的確是比他強很多，有對方出手比較快解決。

確認好工作分派後，琥珀才繼續開口：「那麼靠岸前，我會幫你們打扮好，青鳥是瑞比特……」

「咦！他真的就是那個處刑者？」海特爾訝異。

「嘿嘿，還是破滅了吧。」波塞特搭著自家哥哥的肩，笑得很賊，「我記得你之前好像也滿喜歡的喔～」

「閉嘴啦。」海特爾把沒禮貌的弟弟推到旁邊。

「那我呢我呢？」一聽到能打扮，庫兒可眨著閃閃發亮的大眼，期待地看著琥珀。

「就瑞比特的助手吧。」

「啥隨便的語氣啊——」小女孩抗議了。

「我準備了高級洋裝，如果不想當助手只好浪費掉……」

「我要當！我要當助手！」

站在另一端，始終沒講什麼的青鳥，就看著琥珀和庫兒可在那邊打鬧，才剛加入沒多久的庫兒可已經可以和所有人很自在地打鬧，不過那個位置原本應該是自己的。

想想還眞有點火大，做錯事、騙人的並不是他，結果竟然是他在這裡嫉妒別人是怎樣。青鳥瞇起眼睛，看著態度好像也沒什麼改變的琥珀，開始覺得對方有點過分，怎麼可以這麼不爲所動啊？

是眞的吃定自己一定得找他幫忙，所以有恃無恐嗎？

「你們吵架了嗎？」早就發現兩人間的不對勁，波塞特靠近青鳥，低聲問著。

「……」

確定是吵架無誤。波塞特看了看，把青鳥拉進一邊的小房間裡，關上門後隔絕外面討論的聲音。

「雖然我不知道是怎麼回事，但是你們兩個最好快找個時間講清楚然後和好吧。」波塞特環著手，歪著頭思考了半晌，「你不覺得琥珀變得太好講話，很怪嗎？」一路下來萬分順從，和之前那個充滿尖刺的少年有所差異。

「……心虛吧。」青鳥冷哼了聲。之前這樣騙他們，大概也是會心虛的。

波塞特打量著對方，然後伸手往正在鬧彆扭的小孩頭上揉了揉，「我記得琥珀弟弟很少會後悔自己做的事情，肯定不會因爲心虛變得這麼好人，別把事情往壞處想，找時間談開比較好。」

「你和海特爾還不是也沒——」青鳥意識到時，已經脫口而出傷人的話，他馬上懊惱地閉上嘴巴，抬頭果然看見波塞特一閃而逝、有點難過的表情，青鳥立刻想往自己臉上打兩巴掌，「我不是那個意思……對不起……」

「沒事，不用介意。」波塞特拍拍對方的頭，勾起笑，「我的狀況確實也不好跟你講什麼，但我們都還有親朋好友可以幫忙支持，琥珀弟弟沒什麼好朋友，你別讓他因爲

害怕你丟下他遠離，持續勉強自己做事情。」

「我——」

正想辯駁自己才不會扔下人，青鳥瞬間突然停下，因爲他想起琥珀只要有心，就能夠靠著那些系統儀器聽到任何事情，他現在並不想讓對方聽太多。

「我再想想。」

所以，他最後只這樣回應波塞特。

□

潛水船抵達第七星區的海域底部，已是翌日了。

小睡一下醒來後，海特爾就看見那個超級美少女瑞比特已經穿著華服在咬吃的補充體力，立刻接受了現實的殘酷。

「你看你看。」

跟著興奮的聲音轉過頭，海特爾看見另一個同樣穿著漂亮洋裝的小女孩在自己面前繞了兩圈，「庫兒可？」

與睡前的樣子根本判若兩人，如果不是因爲知道潛水船裡就只有兩個小孩，他還眞沒把握能認出對方——站在他面前的是個金髮藍眼的美麗女孩，和瑞比特的形象有點相似，不過面孔不一樣，服裝樣式也有點差異。如果說瑞比特的服裝像是要參加大型舞會般的精緻華麗，庫兒可的衣服就像是參加茶會般稍樸素些，但也相當正式別緻，光是衣料就能看出價值不菲。

庫兒可咧出大大的笑容，「琥珀說我可以用『愛麗絲』當代號～」

不知道爲什麼，海特爾總覺得這名字似乎在哪邊聽過，但又沒什麼印象。

「好像是母星什麼的古代故事？我也不曉得，回去再查查。」琥珀貌似有講什麼掉到兔子洞裡作白日夢還滿適合她，不過庫兒可也搞不清楚，總之洋裝很漂亮讓她相當開心，就沒特別去管代號的事情。

現完衣服和妝容後，女孩就快快樂樂地往琥珀那邊纏過去。

也被那種好心情感染，海特爾不自覺勾起唇角。

抱著長刀站在角落的沙維斯仍維持先前的喬裝，僅衣服換上更不起眼的黑色便衣，似乎已做好準備在等其他人出發。

「這次很感謝你。」邊看著波塞特和青鳥講話，海特爾走近沙維斯，再度道謝，

「把你牽扯進來……」

「不用在意，我同樣有很多問題想要查清楚。」先不提伊卡提安的事情，最近聯盟軍與強盜團的確在檯面下太多動作，沙維斯也想藉這次行動釐清部分狀況，好讓他決定下一步要不要消滅所有欺瞞與利用他的聯盟軍。

「願起源神守護所有人。」海特爾誠心祈禱後，看著淡綠色光芒緩緩消失在空氣中。

「……回去之後，伊卡提安與泰坦一定能幫助你。」不知道為什麼，沙維斯隱隱約約覺得伊卡提安有那個能力，足以處理眼前青年的問題。

海特爾笑了笑，再度道謝。

「我追蹤了第七星區聯盟軍動向，他們有幾組列為機密的座標正在挖掘探查，最後一個就在我們上方，估計兔子的本體也會在附近。」琥珀頓了頓，拉出一張圖像，「我想，應該就是當初我們剛來到第七星區時，黑梭冒著生命危險弄回來的東西，如果他沒有改變樣式，那個裝本體的箱子就會長這樣。」

出現在影像上的，是青鳥在第七星區時親眼見過的大銀箱，當時黑梭的確帶回來放進了據點下方，後來他們逃離，就不知道對方怎樣處理了。

「已經聯繫上藤，他們會過來幫忙，確認拿到之後，我會在附近接應你們。」將另外兩名在第七星區上的同盟聯繫方式傳給三人，琥珀拿出陽傘交給青鳥，然後給了庫兒可一柄短刀，「系統武器的用法，應該不用特別再教你們了。」

「好啊，等等我可以問問其他人或自己玩。」拋著短刀，庫兒可收進裙襯裡。

幾個人繫好斗篷，在潛水船停靠上岸定點後，便急速離去。

目送三人離開後，琥珀關上入口，讓潛水船進入更深的海域。畢竟強盜團手上應該也有潛水機具，如果潛得不夠深，很可能會被發現。

「我們該幫什麼忙？」負責待在船裡保護人的波塞特左右張望了下，不曉得能做什麼。

「……我要進入第七星區的中央系統。這段時間裡，你們就幫忙引導沙維斯他們的路徑，我會讓領航員協助你們。」琥珀張開了追蹤視窗，讓對方看見上面顯示己方人員的光點顏色，以及不屬於他們、必須避開的其餘威脅，「入侵中控系統必須很專注，請你們使用裡面的房間吧，我需要安靜的空間，如果有什麼問題，線上通知我即可。」

波塞特了解地點點頭，帶著海特爾往小房間走。

確認與兩兄弟隔開後，琥珀轉回控制區，主控光色立即染成另一種與他眼睛相同的色澤。

「好，開始吧。」

□

離開潛水船後，青鳥等人很快就碰上了藤與曼賽羅恩。

應該說，是他們兩人循線找過來的。

他們會合於海岸邊的一座廢棄小村，大約只有幾戶，可能是最近被洗劫過，村莊瀰漫一股讓人噁心的死亡氣味，深色的地上有不少無人收拾的屍體，大人小孩皆有，都已發黑腐爛，相當慘不忍睹。

「琥珀聯繫時，我已經在附近布好植物聯繫，能夠很快找到你們的上岸方位。」藤早一步收到消息，並沒有對多出來的陌生人表現太多驚訝，他一邊讓綠色植物覆蓋那些可悲的屍體，一邊說道：「黑梭並沒有向任何人透露過藏匿據點，我們這段時間也只能監視聯盟軍的動靜，跟隨著一一查找可能位置。」

畢竟他們原本就不是兔俠組織的人，對於那些位置就更不瞭解了，無法貿然出手，只能看著北海帶領那些強盜團與聯盟軍的人手不斷縮小範圍。

如果青鳥等人沒有趕來，藤和曼賽羅恩已經取得共識，要在發掘出兔俠本體的那瞬間將所有人員殲滅，包括北海在內，不留下活口。

「這樣有辦法比他們快找到嗎？」青鳥求救地看向沙維斯。

看著灰暗的天空，沙維斯轉回視線，說道：「有自然系能力者。」

「沒錯，他們似乎取得不少合作，裡面有許多自然系能力者，也監控著天空。」讓紫櫻藏匿在更高處不被發現，藤有些擔心地回答：「我們已盡量排除，但……」

「上面沒你們的人對吧。」沙維斯抬起手止住對方的解釋，不打算慢吞吞地動作。

「有飛獸，第六星區森林之王那種。」曼賽羅恩冷冷開口。

分辨著雲上的氣息，沙維斯的確感覺到了不是能力者的異物，「就那個？」

「嗯。」藤點點頭。

「那就沒問題。」

還沒反應過來對方的意思，藤聽見像是悶雷般的聲響劃進天空厚重烏雲中，數秒後，爆開一記震動第七星區的轟隆雷響，巨大聲響震得毫無防備的人腦袋嗡嗡作響。

「哇靠！你的能力！」青鳥被聲音嚇得全身發毛，下意識知道是沙維斯做的，驚嚇過後他看見天空漸漸出現紫黑色、像噩夢般緩緩繞出毒氣，「快住手！這會引起莉絲——」

話還沒說完，就聽見第七星區發出了強烈警報聲，接著各地開始啓動聯盟軍防護。

「這種程度，聯盟軍還有餘力可以驅散，如果他們還是聯盟軍。」聽著還迴盪在天空的聲響，沙維斯冷笑了聲。聯盟軍也不是能百分之百控制自然氣候，大戰以來一直用盡各種方式讓天氣穩定，但當然也有例外的幾次，所以他們仍具備著能防護自然引起的小規模爆發的能力。

果然，沒多久，雷爆引起的莉絲現象被稀釋了。

「乾淨多了，走吧。」打落天空裡的礙眼東西後，沙維斯大致能分辨出附近有哪些能力者，「有兩名『調魂』的距離已經相當接近，別浪費時間。」

一聽到這，青鳥就更毛了，「快點趕過去！」

沙維斯指向的方位並不遠。

對照著地圖看，能發現一段路程後會有座起源神的聚會神殿，座標上標示著是以前第四星區來傳教時費心蓋下的，人員撤離後，神殿就轉交給當地人使用。現在神殿的所有權是屬於五里外的中規模城鎮，平時鎮長會派遣居民輪流協助神殿人員清潔；而神殿募得的資金便在鎮裡提供貧窮人家的孩子們上學所用。

招回紫櫻，他們將原本需要點時間的路程縮短成五分鐘。

紫櫻急速穿梭天空，飛越地面種種阻礙，很快地便能看見起源神的神殿，象徵光神的圖騰立柱極度顯眼。

率先迎接他們的，是隨著風飄來的血腥味。

「晚了一步。」曼賽羅恩將低能源槍上膛，朝圖騰柱旁的強盜開一槍，後者倒在神殿守衛的血泊中，變成一樣開始冰冷的屍體。

包圍神殿的是數量極多的聯盟軍，也或者說是強盜團，原本巡視神殿的守衛早已經變成屍體，供奉起源神的神職人員們也都喪失生命，穿著染血的制服，被排成一列躺在神殿階梯前。

看著這種瀆神的畫面，青鳥打從心底覺得憤怒，「阿克雷絕對會制裁你們這些罪人，可惡！」

「現在就直接制裁他們吧。」沙維斯揮出長刀，在紫櫻急速俯衝過神殿空中時跳出飛獸，落上屋頂的瞬間便斬倒發現入侵者、已衝上來應戰的敵手。

稍微看了眼倒地的人，沙維斯冷哼了聲，確認敵方身分，「這些都是僞裝成聯盟軍的強盜。」橫躺在腳邊的屍體手上並沒有聯盟軍該有的記號，只是換上一樣的衣服，矇

騙普通百姓。

屍體從屋頂落下後，地上的強盜團全都發出咆哮。

第二個抵達的青鳥吸了口氣，甩開身上的斗篷，露出非常完美的笑容，用花傘指向底下的假聯盟軍，「可別惡作劇得太過火喔。」

接著果然就聽到要輪姦他的各種髒話嗚嗚嗚嗚……

跳在旁邊的庫兒可很興奮地也把斗篷給丟開，轉了一圈才發現很嚴重的問題，所以她偷偷推推青鳥，聲音很低地問：「我要講啥開場白？」好像要講點出場詞比較帥。

「自己想啦！」青鳥也很低聲地噴回去。

「用你們的血來當作下午茶點心。」

「這好聽。喂！惹我不高興的話，就用你們的血來當作下午茶點心喔！」指著下面如山高的臭男人群扔下了狠話，庫兒可才後知後覺地轉向提供台詞的沙維斯，「那啥意思？」為什麼是下午茶啊？

沙維斯無視小女孩的發問。

後頭傳來了射擊聲，同樣就位的曼賽羅恩擊落要爬上的強盜，綠色藤蔓則從屋頂蔓延出，展開尖銳的硬刺。

「瑞比特和高個子進去找本體，愛麗絲接著封住入口，別讓任何人再踏進神殿一步。」藤俯瞰著屋頂下的軍隊，然後張開手掌，綠色霧氣隨風飄開。

相互交換一眼，沙維斯直接往屋頂開了個洞，便與青鳥一前一後跳進神殿裡。

「收到。」庫兒可咧開嘴，她想痛快地毆打男人很久了，尤其下面還是完全不用手下留情的強盜團。

強盜團發現地面黃土開始向上翻動時，才知道他們想要拖下來剝光衣服的可愛小女孩是個地裂能力者。

「我說了，要拿你們當點心，就從好吃的三明治開始吧。」

青鳥的高底鞋踏上神殿大廳光滑的地面時，整座神殿的出入口已被砂土給封死。深深黑暗覆蓋，接著光源系統啓動了，再度將神殿裡映得如白天一樣光明。

直起身，正好看見沙維斯把裡面幾個強盜團砍倒在地，身後的背景還是光神沉默的圖騰像，雙女神冷眼看著強盜的血液流到她們檯座邊。

「裡面還有幾名能力者，有高階有低階。」沙維斯揮掉刀上的血珠，將長刀收回鞘內，「調魂的位置在下方。」

查看神殿位置圖，他們很快就找到往下的階梯，中途還擊倒了一些攔路的強盜團。幸好庫兒可已把出入口封閉了，所以強盜也漸漸減少。

階梯通往神殿的儲物地下室，入口處站著一名夜魅，蝙蝠般的女性正要張開翅膀就被直接射出的長刀給釘住。

看著沙維斯驚雷般的迅猛身手，一路上好像什麼都沒做的青鳥有點慚愧，然後也深深覺得沙維斯是友方眞的是起源神的庇佑，如果他們還是敵人，他肯定早就被砍到死得不能再死。

推開地下室的金屬重門，沙維斯和青鳥一眼就看見裡面的強盜，他們正站在一件像小房子般的大型雙女神塑像前。

青鳥立刻認出來那個高大巨漢就是噬身邊那個叫克諾的，「果然是你們！」壯漢還抱著很嬌小、一臉蒼白的女孩，見他們衝進來，女孩好像被嚇到不行，全身都在發抖。

「雷利判斷得果然沒錯，剛剛那個雷是你們搞的。」克諾盯著沙維斯笑了幾聲：「聯盟軍大爺換張臉，也跑來搞處刑者遊戲了？」

沙維斯看看小女孩，再看了看女神塑像，並沒回應巨漢挑釁的話，反而冰冷地開口：「影鬼出來。」

青年的話說完，青鳥就見小女孩在地板上發顫的影子突然動了幾下，從那裡走出深黑色的東西，形體不大，變得像是烏鴉般的形狀飛上巨漢肩膀，發出了詭異的聲音——

「你們很聰明，截斷了第七星區的中控系統，將這一帶的聯絡網破壞掉，讓我們無法對外聯繫……但這些對我們沒用。」

「你的本體不在這裡，對吧。」看著只分裂出一部分的影鬼，沙維斯瞇起眸。

「聯盟軍已經往這裡趕來。」烏鴉粗嘎地怪笑幾聲。

「上次那個湖水綠沒來嗎？嗑在那邊說啥沒興趣了，不過抓過去，他的心情應該還是會好點吧。」克諾四處張望，沒看見少年，「把手腳都折斷會很好玩的……」

「少打琥珀主意！我才不會讓你們碰他！」聽著對方的語氣，青鳥很火大，腦子一熱吼了回去：「什麼折斷！你才全家都折斷！要折自己回家折你的骨頭！琥珀是我家的！連根頭髮都別想碰！」

克諾大笑了幾聲，「小鬼果然還是夢話一堆。」

「你——」

青鳥正想再罵過去，就看到身邊黑影一閃，速度很快的沙維斯已朝克諾頸部揮出長刀，快得連壯漢都來不及反應躲避。

就在他以為渾蛋眞要掉腦袋時，沉響傳來，沙維斯的刀竟然就嵌在壯漢的脖子邊，一動也不動地連點血珠都沒冒出。

頸部到臉部都已隆起堅硬肌肉的克諾衝著極為接近的沙維斯冷笑，接著重拳將沙維斯摜倒在地，還沒補上第二拳，對方已翻開身體。

「很少人被你擊中頭部能沒事。」烏鴉有點意外。

「也不是沒事。」克諾拿下長刀，將刀對折再扭轉幾圈後扔開。

沙維斯站穩腳步，擦掉流到臉頰的血液，冰冷的視線從毀壞的長刀上移回。

「別和他玩，辦正事。」烏鴉看了小女孩一眼。

「茉莉已經把兔子封死在這裡……本體也是……」這幾天盡全力捕捉「調魂」特有的力量感，茉莉干擾截斷對方遠距離波長後，撲空幾次好不容易才查找到這一帶，「一定在這裡……」她盡力了，現在就連呼吸都覺得身體很痛，不過沒關係，只要把本體抓出來，她就能回到統帥身邊，很值得。

「妳這樣做會害死很多人！」青鳥抽出傘裡的細劍，直接發動最高速度向前衝，想阻止巨漢破壞塑像的動作。

烏黑的影子直接在他面前爆開，完全無法捕捉的影鬼像張網一樣往青鳥撲過去。還來不及轉向，青鳥就被人往後一扯，沙維斯抓住他避開影鬼的攻擊，但兩人立刻發現周圍的影子已全部都從牆面、地面脫離，朝他們慢慢靠近。

再度恢復回烏鴉，影鬼在空中拍動著翅膀，看著他們，「就算我本體不在這裡，這些影子也夠陪你們玩。」

「是嗎？」沙維斯丟開手裡的小孩，伸出手，細細的電流順著他的掌心跳躍出火花，「那麼就看看最後會有幾個人活下來。」

「等等，先等等！」看對方好像要放大絕招，隱約聽見外面再度傳來悶雷聲響的青鳥，立刻知道大事不妙，不知道為什麼刀被破壞後，沙維斯看起來好像超抓狂的啊啊啊啊啊，「你——」

話都還沒說完，一陣尖叫聲打斷了這邊的對峙。

原本要破壞女神塑像的克諾突然怒罵著甩開手上的小女孩，就像女孩是什麼劇毒猛獸一樣。重摔在地的茉莉不但沒有停止尖叫，反而抱著頭滿地打滾，一些紅色的血沫從她嘴裡咳出，濺在地板上。

「雷利！這臭小鬼有問題！」克諾按著劇痛的頭部怒吼，「她攻擊我！」

烏鴉轉過頭。

還沒搞清楚又發生什麼事情，青鳥只覺得好像有東西鑽進自己的腦子裡，像是電流般，讓他整個人一愣，想動作時才猛然驚覺手腳竟完全無法動彈。而且顯然不只有自己，沙維斯也維持原本的姿勢，克諾同樣一動不動，那隻烏鴉甚至掉下來、整隻躺在地上，被調動的影子早就全數散回。

努力地張開嘴，卻連聲音都發不出來。

青鳥只能和其他人一樣，看著小女孩停止尖叫，染血的小手按著冰涼的地面，緩緩站起身。

重新睜開的那雙眼睛與先前害怕顫抖的女孩不同，抹去了驚恐，添上的是一份冷酷，沒有絲毫情感。

像冰一樣的眼神看了下壯漢，移到青鳥身上。

那瞬間，青鳥發現自己突然可以出聲：「……大俠？」

小女孩看著他，一點點疑惑閃過面孔，很快又變回冰冷；她抬起手，打量著自己嬌小的身軀，說了一串話。

「大俠？你怎麼了？」完全聽不懂對方在講什麼，青鳥只覺得那陰狠的語氣很恐怖，根本不是自己認識的大白兔會有的感覺。

「她說：『愛欺負人的討厭鬼，去死比較適合妳。』」

琥珀的聲音從儀器那端傳來，打破了地下室裡的詭譎氣氛。

小女孩也聽見了翻譯，抬起頭，朝青鳥一笑。

青鳥看著茉莉的小臉開始流出血，從眼睛、鼻子、嘴巴，大量血液爭先恐後湧出，沿著女孩的下巴一點一滴地落在地面，詭異的滴落聲在地下室裡特別明顯。

「住手！不要這樣！住手！別殺她！」青鳥不知道眼前的「人」究竟是不是兔俠，但他知道如果真的是，大白兔肯定不會這樣做，「兔俠絕對不會隨便殺人！」自己所崇拜的大白兔一直都是如傳說中般正義俠氣，威風凜凜地痛擊罪惡。

小女孩像是感覺不到任何疼痛，揹著雙手、身體微微晃動著，血紅色的臉上帶著無辜又純真的表情。

「但是我會啊。」

勾起笑，她這樣告訴青鳥。

《兔俠　卷六．分別深藏之心》完

番外▼弟弟

這個世界，是從「無法理解」開始的。

那些成人口中所說的，母星、初代、未來，更好的生活，他不明白。

他的眼裡只有像巨人般的父母，依靠在自己懷中、還很幼小的弟弟。

如果是神的應允，他真的很感激、很感激。

不論經歷了多少痛苦亦相同。

「神」究竟是怎樣的概念？

或許他永遠不可能理解，也無法知道所謂的命運將會把未來帶往何處。

即使如此，他依舊感謝著神的賜予。

感謝他能夠和兄弟一起活下去。

□

對於原生家庭，他們早就忘得差不多了。

年紀稍長的他，也僅只隱約有些父母長年不在家的印象。他與弟弟在保母看顧下一起玩著遊戲，偶爾會有其他訪客，過往時間中的形形色色人們全不復記憶。

那天，就像其他日子一樣，並沒有麼特別奇怪、不對勁之處，也或者是因爲年紀尚幼，無法得知被大人保護外的世界有什麼變化。

他們同往常般地吃晚飯……他追著弟弟餵飯，那個壞小子吃了兩口就拿玩具到處跑；他拽著對方，好不容易才讓弟弟吃完飯，然後保母連忙弄滅地上的小火點，排除細小的莉絲毒霧；吵吵鬧鬧的，又是一天的盡頭。

「你乖乖睡，爸媽很快就會回來。」

的確，他記得那天連自己都有些興奮，因爲父母結束手上的工作，傳了訊息說深夜會趕回家裡，明天一早，要一起做早餐給弟弟驚喜。他們已經有段時間沒看見父母，好像這次的工作比較忙碌……他不懂父母所謂的工作是什麼，就是很忙很忙，所以他與弟弟都要乖乖的，不能讓兩人擔心。

「乖乖的，明天回來嗎？」不知道三人串通好驚喜的弟弟立刻變得很乖巧，原本像毛毛蟲亂鑽的小身體規矩地躺好，一雙眼睛巴巴地渴望看著他。

「乖乖的，就會回來。」他幫弟弟拉好被子，在旁邊躺下，抓過熊娃娃塞給對方。

當時在星區裡有個很有名的熊娃娃玩偶，如小孩般大小，非常柔軟，還配備有濾淨空氣、舒眠等等儀器，價位不算低。他們家裡就有兩個，都擺在床上，爲了區分差異，母親還特地幫他們的小熊做了不同造型。

弟弟的那隻弓箭小熊買來沒多久就被自己燒壞了一半，於是他讓出他的，是水手打扮、有著方格子領巾的小熊。兩人交換了，那隻被燒壞的熊娃娃後來請母親用很大一塊藍色格子布料將毀損處補好，看來就像熊假面一樣，他很喜歡。

抱著完好娃娃的弟弟睡得很香甜，看著看著他也開始睏了。

不夠長的手環著弟弟和熊，睡得迷迷糊糊時，好像聽見外面有些聲響，保母的聲音從半掩的窗邊傳來，恭恭敬敬的，就像平常和父母說話時一樣。

啊，可能是爸媽回來了。

其實他很想馬上起床見見爸媽，一起說說明天早上要給弟弟做怎樣的早餐。但是他很睏、爬不起來，動了動身體，最後抱緊弟弟重新入睡。

不知道過了多久，一陣巨響將他們倆同時驚醒，他瞬間彈起身，把完全不知道發生什麼事、還睡眼矇矓的弟弟護在身後。

房門在幽暗中被人打開，偌大的房內亮起黯淡的光。

站在門外的是像怪獸般的陌生人們，面孔黑暗模糊，身上有種詭異的氣味。

怪獸伸出手，探向他身後。

即使經過許多年，他依舊記得清清楚楚，當晚那些人的目標就是弟弟，而且非常確定，看都沒看自己一眼，準確無誤地抓住了他身後的幼小身體。

水手打扮的熊娃娃瞬間起火，順沿攀爬的火焰燃燒怪獸的手臂。

怪獸發出怒吼聲，朝弟弟臉上打了一巴掌……他撲上去，踢打啃咬，被甩到牆壁上，痛得滿臉都是眼淚。

好幾個怪獸包圍了弟弟，他大哭著衝過去，緊緊抱住弟弟，死也不放手。

那些怪獸從黑暗中爬出來準備吃掉他們，就像保母說的可怕故事一樣，只要他一放手，弟弟肯定就會被怪獸吃掉。

身體傳來痛覺……他不敢看，但怪獸好像在咬他，全身到處都痛，直到其中一個怪獸出聲。

「一起帶走。」

他和半失去意識的弟弟被提起，燒得只剩下一小塊棉絮的熊娃娃落在地上，被怪獸踩熄。

黑暗的門邊有血，黑暗的走廊滿滿是血，他們被抓住帶往樓梯時，他看見很多很多的血，還有保母的頭，變成兩半了，門衛、園丁也都變成好幾塊躺在地上，他看見園丁的手掌掉在花圃裡……

後來，他就不記得了。

太多的一塊一塊，太多的血，他不記得了。

□

醒來時，周圍依舊黑漆漆一片，但他已不在他們柔軟的床鋪上。

身下的地板，很冰冷，沒有枕頭，也沒有熊。

抬起頭，看見的是牆面，四周都是牆，其餘什麼都沒有。

連弟弟也沒有。

他爬起身，拍打著牆壁，不斷地大吼大叫——爸媽一直不允許他們這樣吼叫，要他們說話輕聲細語，做個乖孩子。但他全身爬滿了連自己都不明白的恐懼，發著抖，忘記父母的話，朝空氣吼叫。

不知道持續多久，他喊得喉嚨發痛燒灼、快喊不出聲時，其中一面牆壁竟然打開了，而那裡站著隻怪獸……惡夢還沒醒，怪獸從黑暗出來，眞眞實實地存在，並沒有回到保母的故事裡。

怪獸狠狠踹了他幾腳，踢得他都吐了，嘔吐物沾在怪獸鞋上，怪獸才怒罵著停下動作，接著一把抓起他，粗暴地將他帶出小空間。

突然的明亮讓他反射性閉上眼睛，用雙手遮掩刺痛的臉；重新睜開時，看見的是銀白色長走廊，很乾淨，乾淨得與小空間像是兩個世界似地。在走廊上他似乎能聽見哭泣聲，不是他的，而是其他小小的哭泣。

他用紅腫的手摸摸自己的臉，同樣布滿眼淚。

被怪獸扯著走了一段路，他突然看見了弟弟。怪獸將他扔進很大的白色房間裡，他摔了一大跤撞在地板，坐在裡面大哭的弟弟也發現了他的存在，哭著朝他跑過來，他連疼痛都來不及管，急忙爬起身，一如往常地張開手迎接小小的身軀。

但另外一隻怪獸抓住弟弟，弟弟在幾步遠的地方被迫停下，哭得一塌糊塗。

他正想衝過去，幾隻怪獸包圍過來，開始踢打他，持續多久他不記得，因爲他很快就失去意識，只印象中弟弟身上爆出火焰，還有怪獸們大笑叫好的聲音，模糊黑色的臉上咧開下弦月般的笑。

這種可怕的生活從那天開始。

每天都是他或弟弟被毆打，怪獸們忙著從弟弟身上榨出更多的火。

他被丟回小空間，很害怕就這樣死掉……他從來不知道什麼叫作死，只聽大人們說過幾次誰死掉了、再也不會見到……原來死掉會這麼痛，然後弟弟不能再見到他。

他怕弟弟再也見不到他。

蜷縮在地面，努力地想著別死，然後用盡力氣支撐起身體，拍打牆壁，努力地說不管什麼事情他都做，請別讓他死掉，請讓他可以陪弟弟入睡。

用力地拍著，帶著血的手印蓋上牆面。

直到牆壁再度打開，他反射性縮到角落，很害怕地抱著頭。不過怪獸的拳頭沒有落下，反而將他扯起來、拖出走廊，一直走著走著，走到某個很奇怪的房間裡。

那個房間裡有隻很怪的紅色怪獸，牙齒很尖銳，像是可以一口咬死人般地可怕。

「你什麼都做？」

紅色怪獸問道。

他點頭，用力地點，深怕對方再將他扔回冰冷的小房間裡，什麼都不讓他說。

紅色怪獸笑了，「好啊，你乖乖做事，晚上，你就可以陪弟弟。」

他很高興，身體的痛都沒關係了，壓下懼怕，笨拙地朝對方微笑，希望怪獸們能夠實現諾言。

加深他們的羈絆，實驗起來應該會更順利。

紅色怪獸對怪獸這樣說著他無法理解的話。

他只知道他乖乖的，就不會死，就可以陪弟弟。

而那天晚上，紅色怪獸的確也讓怪獸帶著他，進到了關著弟弟的小空間。看上去好像沒受傷的弟弟一見到他就大哭，小小的手用力抱緊他，發抖的身體極爲冰涼。

他也哭了，整晚他們倆都抱在一起大哭，不明白爲什麼會這樣，也不明白起床時爲什麼無法看見爸媽。

而且，爸媽沒有來救他們，他們再怎樣叫救命，都沒有再見到爸媽。

□

日子就這樣一天天過去。

他不知道自己待了多久，在那個地方沒有時間，只有重複著做不完的雜事、捱不完的打，紅色怪獸……後來他知道紅色怪獸叫作寇奇，所有的怪獸都稱這個地方叫作「實驗室」。

在這裡還有很多像他們一樣的小孩，有些比他們小、有些比他們大，有的下場比他們還可怕。

他眼睜睜看過無數次實驗品扭曲變形，有的甚至爆開，成爲一灘液體，然後髒污的實驗室被清理乾淨，下次換上另一個孩子。

有時候，寇奇或其他怪獸要他去幫忙處理屍體，可能是實驗耗損太多，或是沒在登記上之類各種原因，他們得另外把屍體埋了或分解，拽著他在旁邊幫忙。

有時候，怪獸們會和小孩獨處，未完全關掩的門後傳來孩子的嘔吐聲和哭叫。

有時候，怪獸們會把那些失敗品放在一起，看著已經沒有理智、意識的失敗品彼此攻擊吞噬，像是遊戲般逕自取樂。

有時候，怪獸們會把自己創造出來、不知該不該說是人類的物體放著四處亂跑，任由防禦機組碾碎廢棄。

有時候……

他盡量不去記這些事，只求忍受一天、接受例行治療後，能哄弟弟閉上眼睛睡覺。

弟弟越來越沉默，隨著時間一天天過去，弟弟幾乎不再開口，有時候他講了很久，弟弟也不見得回應，只讓他抱著，沒任何動靜；但在他絞盡腦汁回憶起保母說的床邊故事、或是他們一起做過什麼笨事時，弟弟還是會勾起小小的微笑，然後回抱他、抱得死緊，兩個人一起得到短暫的安穩睡眠。

習慣了實驗室的運作，他的手腳也越來越俐落。不知道從何時開始，寇奇很滿意他的幫忙，指定讓他天天去打掃整理那間髒亂發臭到好像永遠清不乾淨的個人研究室。

從裡面掃出吃剩的腐敗食物已不算什麼，他有時連自己清出的是什麼都不曉得，就是一團團黑黑的，惡臭難聞，還得先撒上些分解劑才能順利弄乾淨。有時候一個不小心，把藥劑弄到自己身上，腐蝕皮膚，痛得半死還會被揍一頓。

不過，他一次也沒抱怨，只是努力地將事情都做好，盡量朝怪獸們微笑，好讓怪獸們相信他是眞的誠心要做事。

後來，爲了能讓他派上更多用處，寇奇與怪獸們開始教導他母星古語，寇奇還很認眞地從發音基礎教起，一字一字地確定他熟記；接著便要他把老舊的資料個別排列分類，弄錯當然免不了一頓處罰。

直到有一天，一隻怪獸在晚上休息時突然打開門，低聲說是寇奇臨時找他。他走著，大老遠就聞到研究室裡的濃濃酒味。踏入那間個人使用空間，裡面全是空酒罐，醉醺醺的寇奇告訴他今天是新年，他才知道外面的世界已經過了一年。還來不及退出，寇奇就抓住他，把他按在地上打了一頓，他痛得趴在地上無法動彈。

坐在牆邊的寇奇再打開一瓶酒，一口也沒喝地連著酒瓶砸在他身上，他吃痛地縮起身。

「都是爲了實驗……該死的實驗……你們這些該死的能力者，什麼弟弟、什麼罕見火系……」寇奇抱著頭，痛苦地悶吼：「垃圾、狗屎……全都是一些垃圾……爲了你們這些垃圾害死我的家人……我才不想到這種鬼地方……你們這些垃圾……垃圾……」

那天晚上他沒法回弟弟的房間，因爲寇奇並沒有像平常一樣讓他接受治療，他一整晚都趴在冰冷的地上，聽著寇奇的哭罵和詛咒。

隔天，一切恢復正常。他依舊被揍，弟弟依舊被怪獸們做各式各樣的實驗。

只是當晚接受治療回房前，有個怪獸……他記不住那些人的面孔，只知道他們身上都有編號，那個怪獸給了他一小塊糖，說是新年的小禮物。

他回到房間，抱著弟弟，把糖放進弟弟嘴裡，嗅著淡淡橘子香，然後一起入睡。

之後，那個編號的怪獸就不見了，他再也沒見過那個怪獸。

再過一段時間，他便徹底忘記那個怪獸。

就像他們都已經遺忘不會來救他們的父母一樣。

□

事情有變化，是在過了第四次新年後開始的。

當時他已經長大不少，但依舊是個小孩，無法與成人抗衡。即使他一直試圖找尋救弟弟離開的方式，仍然沒有結果。

他太小，實驗室太大，更別說還有那些機組系統隨時隨地監視他們。

弟弟的眼神在這些日子裡變得很深沉，有時候看著他，也完全沒有溫度……年紀稍長後，大人們允許他教導弟弟簡單的事物，像是學習課業般，他從寇奇那邊學到星區使用的字句詞語，就依樣畫葫蘆地教給弟弟。

他想，或許眞有一天弟弟能離開這裡，這樣這些就用得上。

把這些事情也當成研究數據的紅皮膚男人不知道從哪找來幾本簡單的童書扔給他，雖然代價是被打得骨頭都斷了，但他還是很誠心地向對方道謝。

即使如此，弟弟的視線依舊越來越冰冷。

有天晚上，面無表情的弟弟在他懷裡開口：「殺光所有的怪物。」

就和其他被實驗的孩子們講的一樣，很多孩子明白了實驗室裡的骯髒後，都憎恨地發誓要殺光怪物，濃烈的恨意到死前也毫無消減。

他緊抱著弟弟，不敢發出哭聲。

他們都很絕望，在這個地方沒有希望。

偶爾，他覺得寇奇他們也一樣，有些實驗人員夜深無人時會在房間裡慘叫，或是像

瘋了般痛苦地虐殺隨時可替換、不太重要的實驗品。

他們都逃不出去。

被實驗的、做實驗的，不管是大人或小孩，全被關在這些銀白色的通道與實驗室裡反覆著、反覆著。

新年、忌日、妻子與孩子的生日或紀念日，喝得醉醺醺的寇奇總是會把他折磨個半死，讓他動彈不得地躺在研究室、泡在混合著血液的酒水裡一整晚。

第四次新年過後不久，是寇奇第一個小孩的生日，寇奇照慣例揍完他，就坐倒在牆邊拔酒塞。

他閉著眼睛抱著身體，忍受一波波劇痛，數算著時間，希望今晚能夠過快一點。他每次沒回去的隔晚弟弟都會哭，很安靜很安靜地流著眼淚，淚水多到沾濕他的衣襟。所以他希望時間能過快點，好讓弟弟盡快見到他、安心下來。

渾渾噩噩之際，突然有東西碰到他臉上，他愣了下，睜開腫起的眼睛，模糊地看見寇奇紅色的手……他還以爲又要被打了，反射性顫抖，不過劇痛沒有落下，反而有個東西被塞到他嘴裡。

帶著橘子香氣的甜味。

寇奇就趴在旁邊看他，像是觀察那些垂死的實驗品一樣。

「我告訴你……」充滿酒氣的聲音傳來，「我知道他們在搞什麼……他們想找到第一家族……嘿嘿嘿……被指定的家族……」

他不懂寇奇話裡的意思，只知道對方口中所謂的「第一家族」似乎是實驗室的目標、或是什麼想取得的對象。染了紅色皮膚的男人嘀咕著，混合不少古老語言，說著自己捕捉到某些隱藏頻率，從中過濾出其他人都不知道的祕密，被指定的家族，以及那些不爲人知的指標，都能找到可循的軌跡，這些事情只有自己發現……

從那天晚上開始，寇奇對待實驗品的凶惡態度變本加厲。

數天後，硬生生打死一個剛來的孩子，他鼓起勇氣，在寇奇那間又臭又亂的研究室裡試圖請求他不要這樣對待那些實驗品、還有那些被創造出來的可憐物體。即使有的不成人形，但他的確看過擁有自我意識的怪異生物因爲痛苦而流下眼淚。

寇奇冷笑了，罕見地並沒有一腳朝他踹去。

「你適應得還不錯嘛。」紅皮膚的男人這樣說道：「從我來實驗室開始，一直到現在，看過幾百個實驗品，每個都是死命地哭叫，不然就是想殺了我們好逃出去，就只有你乖得像條狗，要你做什麼你就做什麼。」

寇奇和他都知道，只是因為弟弟在這裡，所以他無法違抗這些成人。

有時候他不明白寇奇的行為，也不明白寇奇為什麼指定要他打掃研究室，雖然會被毒打踢揍，但寇奇並沒有在他身上打過藥劑——有些從貧民窟或黑市買來的非能力者實驗品孩子，實驗人員會對他們注射各式各樣藥品，接著觀察變化，通常下場極為可悲。更別說那些不知道用什麼方式製造出來的怪異物體。

同樣地，寇奇也很少在弟弟身上用藥劑，也不讓同實驗團的人用上致命藥劑。

他無法理解。

「你不覺得，實驗品比我們更想快點解脫嗎。」紅皮膚男人歪著頭，臉上充滿嘲諷的笑。

「不……死掉就什麼都沒有……」他很害怕死亡，因為會看不見弟弟，那些實驗品應該也是如此吧？

「那他們現在還有什麼？」

實驗品什麼也沒有。

寇奇這樣說著，那些實驗品沒有任何東西，等待他們的只有痛苦，直到死亡。

「我也什麼都沒剩下了。」

「可是……」他抬起頭，看見紅色的成人眼裡有著冰冷的痛楚，「我不懂……」

「比起問這種沒意義的事情浪費時間，你不如快去把那些資料給我排列整齊。」

寇奇又恢復成原本的寇奇，一巴掌甩上來，將他掃到牆角邊，撞在凌亂的櫃子上。

他連忙爬起身，抹掉鼻血，低頭整理亂七八糟的資料。

「喂……」

愣了下，他遲疑了幾秒，才發現聲音的確是寇奇傳來的，背對他的男人運算著數據，發出聲音：「你真的很想讓你弟弟活著離開這裡嗎？」

「……我想。」

「哈。」

接著他又被揍到什麼都不知道了。

□

寇奇殘暴的行爲越來越嚴重。

實驗室開始向他發出各式各樣警告，有時候還會關押他幾天，但寇奇擁有的數據和頭腦讓其他人不得不繼續讓他回到團隊。

天天幫忙清理研究室的男孩就是最能夠理解這種變化的人。

守衛經常在研究室門口撿走血淋淋的小孩送去治療室，有些實驗人員估計是看他這麼慘了，平常也就不好意思再動手對付他，其中幾名女性研究者甚至連態度都變得柔軟了些，可能是幾年相處下來，多少對他產生同情心，也沒先前那麼嚴格控制。

他越來越能感受到其他人淡漠的善意。

雖然在寇奇那邊變得很難捱，不過只要離開研究室，他就能自由出入各處，空餘時間可以幫忙照料其他實驗品，等到傍晚，便能立即回到弟弟房間裡，無人阻止他。

就像寇奇說的，他可能眞的像隻狗。

不正常服侍這些實驗室人員的小狗。

而實驗室的其他人，多少開始正眼瞧著這隻狗，給他一些方便。

看著好不容易閉上眼睛睡著的弟弟，他替對方拉了拉被角，覺得當狗也無所謂。只要認眞地做著什麼都能做好的狗，他們就能有其他的機會，或許……

熄燈前，有名守衛站在門口朝他招手。

他記起來了，今天是寇奇家人的忌日，每逢這種日子自己都會被叫去研究室，今天早上對方才發飆狂吼要他吃飽飯記得滾過去。

他忘了。

有著一長串編號的守衛看起來有些緊張，領著他去研究室的路上，隱約可以聽見低語說著最近都不太忍心看他的監視畫面。

被送進研究室後，等著他的果然是一頓毒打。

等到寇奇發洩到一個程度後，他靜靜躺在地板上，心裡替寇奇的家人哀悼……不知道什麼時候開始養成了這個習慣，每到這些日子，他就會聽著他們的死、還有實驗品的連累，所以他覺得那些家人也很可憐，就和實驗品一樣可憐。

實驗室裡也有從各地被帶來的研究者，有些是自願、有些則不是，四年來，有些實驗者寂寞了、無法再面對工作，會自言自語般說著沉重的心聲；與寇奇很像，非自願者也經歷過很不好的事、失去很多東西，最終無法再承受地向實驗室低頭而被送進這裡。

他就曾聽過有名女研究者說著，她是為了她受到污染的孩子而來，作為解藥的代價，是終其一生都無法離開這座實驗室。

後來她也失去了自己，和實驗室裡其他人一樣會踢打小小的實驗品。

一身酒味的寇奇從另一邊爬來，成人的重量壓到他身上。

「我受夠了……我受夠了……」

帶著酒味的語氣異常清晰，這讓他有些疑惑對方是不是沒有喝醉。還在吃力地思考時，就聽見男人繼續說道：「我恨這裡，我恨所有的一切，我受夠他媽的研究、狗屎的實驗品……你想帶著你弟弟離開這裡嗎？」

他愣住，腦袋一片空白。

紅色的男人再度開口：「你如果把你的心臟給我，我就考慮偷偷放你們離開這裡，再也不用回來。」

「我願意。」

壓根沒有思考，他在男人說完話的同時立即回應。

紅色的怪獸發出大笑聲。

接著他從地上被拖起來，紅色怪獸掃落桌面所有東西，恢復原本寬大的白銀桌面。他被扔在上頭，各式各樣的小機械從牆壁中飛出來，還有白色的飄浮小盒，大量數據從空氣中拉出來。

麻醉都還沒進行，寇奇已拿著小刀割開他的胸口。

他不記得自己有沒有痛得慘叫，外頭的守衛衝進來要阻止，寇奇吼著不要干預他的實驗，一架機組從天花板落下，將沒得到授權的守衛趕出研究室。

意識開始模糊時，他看見深紅色的血液從自己身上流出，染滿了整張桌面。

接著，聽見寇奇的低語——

「這是『他們』最重要的東西，我絕對不會交出去，實驗室去死吧，實驗品也全部死光吧……所有的一切，都讓第一家族來制裁吧。」

□

再度甦醒時，已經是好幾天後的事。

不對，應該說中間他有幾次睜開眼睛，隱約看見寇奇還在他身上動手術，似乎聽到對方說了點話，接著很快又陷入黑暗。

醒來時，自己躺在弟弟的房間裡。

坐在床邊的弟弟低著頭，正安靜地翻閱手上的書本，一發現他醒來，立刻撲到他身上，緊緊抱著他。

後來他才知道，這幾日寇奇不知道發什麼狂，不但將他弟弟、也就是珍貴的火系實驗品打成重傷，讓其他人員焦頭爛額地收拾爛攤子，還把數據弄得一團亂，更別說也毀損了其餘實驗品。

其他實驗人員告訴他，寇奇原本試圖要把各種致命毒物和能力基因混合在一起注射在他身上，他們在這事情發生之前，就阻止那傢伙。

當然，他被切割得亂七八糟的內臟也得到妥善治療，恢復原本的樣子。

內臟？

「寇奇那噁心的渾蛋，一開始呈報說要對你做輕度實驗……大家沒理由阻止，後來發現他只是一逕地在割你。」有著長長編號的守衛說道：「第一天他把胸口恢復，每個人都以爲是正常實驗。第二天開始，他就不恢復了，如果不是生命儀器維持著，你早被活活切成碎片死掉。」

其實，還眞有實驗品被活生生地切成碎片。所以守衛的憤慨，其實讓人覺得有些可笑，甚至守衛說完後，自己也驚覺不對，連忙閉嘴了。

他按著胸口，沉默。

抱著他的弟弟渾身顫抖，即使被用了能力束縛，還是隱隱散出火焰熱氣。

「沒事、沒事。」

安撫著弟弟，他一如往常低聲地說著：「沒事的。」

接下來幾天，他都沒再見到寇奇，實驗室的人也沒調出弟弟或其他實驗品做實驗，好像整個實驗室都停擺了。

直到某一天，守衛將他單獨帶出房間，帶到廣場上。

在那裡，他看見所有實驗人員都出現了，有些人好像有點驚訝為什麼他會被帶來，接著有幾名人員表示，應該也讓他看看背叛的代價是什麼。

背叛？

他無法理解。

但很快地，他看見寇奇被一些怪獸拉出來，紅皮膚的男人像是發了瘋一樣不斷詛咒謾罵，用最惡毒的語言狂笑著要所有人屍骨無存。

接著，「某人」決定要讓寇奇屍骨無存。

寇奇被活生生泡入腐蝕液體，他就這樣親眼看著相處四年多的男人從皮膚開始一點一滴地被融化，強烈的痛苦讓他發出淒厲號叫。

「我等著看你們也不得好死——」

寇奇死前最後發出的咆哮聲迴盪在他耳中。

怎樣被帶回房裡他沒印象了，看著寇奇被腐蝕到一點都不剩的震驚塡滿他所有思考空間，他抱住用力撲向他的弟弟，決定無論如何都必須逃走。

隱隱約約，他好像感覺到寇奇正在兌現他的承諾。

他的確說過考慮偷偷放走他們。

而這個諾言的兌現來得非常快。

就在寇奇死亡的翌日，整座實驗室不知爲何遭到了極強大的震盪，完全陷入黑暗後，啓動的備用能源照映出的是全被癱瘓的機組、系統，所有一切禁制都消失了。

實驗品們從房中逃出來，少去機組的控制，大量實驗品不是向外逃逸，就是擺脫束縛，帶著憎恨前去報復。

他握著弟弟的手，兩人邁開步伐死命地向外逃。

最終，他們在看見光後，落入海中。

□

之後有些事情是旁人告訴他的。

他和弟弟醒來時，是在一處收容所……他們看見這麼多陌生人，非常害怕，完全不讓任何人靠近。

接著有名和藹的老太太讓所有人離開，等到兩人比較鎮定後才告訴他，這裡是聯盟軍在小島上的臨時收容所，他們落海時的重傷已經被治癒。老太太是亞歐莎德曼的好友，是名投靠聯盟軍的行者藥師，負責管理這小島上的小收容所。

他並不知道亞歐莎德曼是誰，不過他曉得有人在海岸邊救起他和弟弟，是一對能力者男女，渾渾噩噩之際，記得那兩人一直對他們說不用害怕、會帶他們到安全的地方，語氣溫柔得讓他不知不覺放下心，徹底昏睡過去。

接下來幾年，婦人照顧著他們。

一開始他和弟弟強烈排斥陌生人，老太太看著認爲不行，偷偷將他們安排到另一個隱蔽的行者藥師住處，讓幾名行者帶著他們重新適應世界，然後一點一滴地治療他們心中的巨大傷口。

直到數年後，他和弟弟終於可以正常吃飯時，那對男女也獲得聯盟軍的釋放，來到收容所重新認識他們。

可能是當初在海岸上這兩人對他們伸出援手，原本戒心很重的弟弟竟然接受了對方，握著他的手，一起讓男女帶著他們辦理領養手續，然後建立起四人家庭。

男女知道行者們花了很長的時間，才讓他們能在吃飯時不用擔心受怕——他和弟弟只要聽見一點聲響就會嚴重驚嚇，幸好在實驗室的四年，足以讓弟弟學會控制自己的火焰，離開實驗室後完全沒展現一丁點火系能力者的力量，沒有突然爆出火焰傷人，也沒有任何人發現他是火系能力者。

男女接受這些麻煩事，在接下來數年間接手照顧他們，尤其在心靈上，曾經身爲海盜的船長與亞歐莎德曼極細心照料著。

尤其是亞歐莎德曼，幾乎就像照顧親生孩子般將他們圈在懷中，非常努力不讓他們再受到任何傷害。作惡夢尖叫醒來時，女性也會懷抱著他們，輕聲唱著海上的歌謠，讓他們重回睡夢中。

他們從來沒有告訴兩名成人在實驗室裡發生哪些事，但行者們多少能推測出來，並將這些推測告訴男女，這讓兩人對他們更加溫柔。

那些實驗是地獄般的日子，突然間變得好像上輩子的事情。

後來亞歐莎德曼登錄新的名字，叫作佩特。

船長與佩特同樣替他們取了新名字，與火焰截然不同的名字。

「哥哥叫作海特爾，弟弟叫作波塞特。」

他和弟弟早已忘記原生家庭，忘記原本的姓名，也忘記什麼是正常的生活，但是現在船長與佩特正在帶著他們一點一滴地取回。

直到弟弟長得更高，已經不用他每晚都去安撫哄睡，弟弟可以和酒館裡進出的人說笑，也不會成天跟在他身邊……似乎從來到第六星區後，弟弟的個性有些改變，像是把那些陰影和記憶都封鎖在心裡，將自己變成普通人一樣地生活著。

但有時候，他還是能看見弟弟眼裡的深沉與冰冷，還有慢慢和他疏遠的距離。

又過了幾年，弟弟宣布要去參加芙西護船隊的招募考試。

他被這個決定嚇壞了，而且無法理解爲什麼弟弟竟然不想好好待在家裡，他們現在的生活多麼得來不易，奢侈珍貴得在實驗室中根本不敢想。

「我才不要永遠被你保護。」追問時，弟弟甩開他的手，「我要找到黑島，毀滅黑島。」

「花時間找黑島根本無意義！」他很生氣，總覺得弟弟刻意想離他遠遠的，「待在這裡就好了，好好生活就好了不是嗎？」

「你這笨蛋！他們都還沒死，根本不安全！」弟弟也很生氣，對他低吼：「這種生活才不安全！」

「你才是笨蛋！」

「你才是！」

「你才是！」

爭吵就是從那天開始的。

之後每次見面，他們都會爭吵，有時候吵得很凶，有時候冷嘲熱諷，氣得佩特不斷揍他們，懲罰他們得把整間酒館擦拭過，連點灰塵都不能留下。

即使如此，弟弟還是上了芙西，離開酒館，離開他身邊。

一開始他很害怕，他從來不曾失去弟弟，但又很憤怒，因爲他難以理解弟弟爲什麼要爲了黑島再度離開，明明他們可以擁有全新的生活，與實驗室再沒有任何牽扯。

這些情緒就在一次次爭吵後逐漸淡去，他們現在見面就只剩下吵架、打架，互相叫囂對罵。

不過芙西的確教會了弟弟如何自保，以及如何善用他的火系能力……船上有許多強悍的能力者，也有好老師，這些都讓弟弟變得越來越強，接著認識了許多厲害的人物，在船上如魚得水悠然自得，跟隨著白船遊歷四方拓展了更大的視野。

每次回來，弟弟就會告訴他們港區外的各種新奇事物，船長和佩特聽得很高興，直說以前他們在船上也會遇到類似的事物，一次次迎接弟弟回來的熱鬧酒宴如此重複著。

不太能加入這類話題的他只微笑著幫家人斟滿酒杯，全部人醉倒後，他可以看著大家滿足的睡臉，再收拾善後。

這樣，即使有一天他眞的不在，弟弟也會很安全吧。

站在港口，看著無止境的海面，他只能在有限的時間裡默默等待和祈禱，希望那個壞小子與其他人都能平安。

隨著港區發生巨變，船長逝去，時間繼續向前推移，他們各自成長，也各自變得更加成熟。

或許也不全然成熟。

「黑島根本不存在！佩特所說的是騙人的！她是不是不想讓我找到那個地方，所以胡謅出這種假地方！」

「不准你侮辱佩特、不准侮辱老闆娘！她說存在就是存在，找不到是你的問題……而且你根本不須要找！」

「我絕對要找到！要用不存在的東西騙我是沒用的！」

「黑島一定存在，佩特不會騙人！」

「不存在！」

「存在！」

「你這笨蛋！」

「你才笨蛋！」

□

而今……

「那是什麼？」

海特爾回過頭，看見沙維斯往自己走來。一行人將晚上要進入潛水船的準備打點完後，便各自去做些私事。

大部分人都得去準備行李和籌備必需物品，像琥珀就忙碌著整理各式各樣的喬裝用具。

幾乎沒什麼事的他坐在芙西據點的圖書室，闔上桌面書本，將手上把玩的押花書籤遞給對方，「是我弟帶回來的。」

沙維斯看著書籤，上面是淡紫色的花朵，他在七大星區中沒見過這種植物。花朵被很小心地製成書籤，連一點破損瑕疵都沒有，相當完美漂亮。

接回押花，海特爾見對方漫步到書櫃邊，無聲地挑著珍貴實體書籍，高大的背影讓他有些愧疚，「真抱歉，害你無法去黑森林……」

沙維斯擺擺手，拿著書本回到桌邊，「沒事。倒是你……」

「？」

「如果你開始無法維持清醒，必須立刻告訴我。」沙維斯詢問過琥珀、加上待過聯盟軍不短時間，大致知道某些微系統復甦運作的特性，「我會用最快速度帶你去治療。」

海特爾愣了愣，「眞的……很抱歉……」

拍拍青年的肩膀，沙維斯拿著書走出圖書室。

與沙維斯擦身而過的波塞特皺起眉看了眼前聯盟軍，才踏入書室，「不是叫你別太接近他嗎，他問題很多。」

「我們問題也不少啊。」海特爾有點好笑地搖搖頭。在有問題這點上，他和弟弟根本沒資格講別人。

「我在說正經的喂！」波塞特覺得青筋又冒出來，瞥了眼押花書籤，嘖了聲拉開椅子坐下，「關於寇奇的事……」

「雖然你會不高興，但我認爲寇奇還是……」

話還沒說完，坐在旁邊的弟弟突然伸出手，將他的頭按在對方肩膀上。

靠著對方，海特爾一時反應不過來，也看不見波塞特的表情，正困惑想掙扎，臉側就傳來低低的聲音——

「這次換我保護你……我已經長大了，絕不會再讓那些人碰到你。」

海特爾閉上眼睛，覺得眼睛有點酸酸的，還有弟弟的制服外套應該洗了。

「雖然你夠笨、夠遲鈍，還愚蠢得連命都不要……但是是我最重要的家人，無可取代，不管我去到哪裡，我都一定會回來。」波塞特深深吸了口氣，「對不起，所有的一切都對不起，因為我是你弟弟，而且還倒楣地擁有『炎獄』能力，我毀了你的人生，我害怕我——」

「你才笨。」打斷對方快要變成低吼的話，海特爾稍微退開，擦了擦臉，「還說我愚蠢，最愚蠢的就是你。」

「你這人幹嘛都不聽完正經的話！」波塞特覺得自己好不容易鼓起勇氣的心情在這瞬間都消失了。

海特爾看著暴跳的弟弟，微笑。

「如果可以選擇，不管幾次，我都還是要當你哥，這樣不就夠了。」

波塞特愣住了。

「有個白痴弟弟，也很好啊。」

「……你才白痴，有這種讓人擔心到不行的哥哥眞是……八成也只有我才受得了吧。」

「彼此彼此。」

看著對方，兩人不約而同笑開。

就因為如此，所以才會是兄弟對吧？

如果那時候少了一個人，那麼另外一個人，肯定不會活到現在，更不會說長大擁有自己的生活。

海特爾認為，即使他們命中註定因能力而不幸，但神最終還是關照與眷顧著他們，所以他並沒有像寇奇一樣憎恨著實驗室、實驗品，以及世界，至少他還有家人、朋友，生存下去的目標。

他很感激神。

不論過去如何、未來如何，他依舊感激。

因為他們都還在這裡。

他和弟弟都還在這裡。

〈弟弟〉完

【護玄作品集】

因與聿案簿錄（全八冊）

奇幻靈異、驚悚推理、歡樂搞笑
無聲的紫眼少年與身懷陰陽眼的衝動派，
因與聿的不可思議事件簿。

案簿錄 陸續出版

層層堆疊的案簿錄，逐漸拼湊出「它」的全貌……
繼【因與聿】後，護玄再次推出期待度NO.1的【案簿錄】。
原班人馬加上陸續出場的新角色，更添有趣互動；
新的故事主軸，將故事擴展至其他人氣角色。
奇幻靈異、驚悚推理，最熟悉也最新鮮的案簿錄！

異動之刻（全十冊）

輕鬆詼諧．全新奇幻
喪禮追思會上，一個個散發異樣感覺的人物接連出現。
喪禮之後，地下室竟無端冒出了吸血鬼公爵。
不會吧！住了十幾年的家原來是個大鬼屋……
17歲高中生開始了他的奇妙人生！

新版 特殊傳說〈學院篇〉〈亙古潛夜篇〉

既爆笑又刺激的冒險，既青春又嗨翻天的故事設定!!
《特殊傳說》是一部揉合眾多奇幻梗更加上獨特構想的故事。作者筆下的迷人角色、明快的鋪陳、詼諧又緊湊的劇情，帶來閱讀的全新體驗。陸續展開的不可思議校園生活加上各個角色尋找自我與逐漸成長的過程，讓人翻開故事，便一頭栽入這屬於我們的特殊傳說！

兔俠 陸續出版

各種神奇之物降臨的年代，有一群身懷異能的人們，
秉持不同的正義，邁向各自的英雄之道……
20歲娃娃臉熱血青年與伙伴們的「變調」英雄之路，於焉展開！

國家圖書館出版品預行編目資料

兔俠. 卷6，分別深藏之心 / 護玄 著.
——初版.——台北市：蓋亞文化，2015.02
面；公分. ——（悅讀館 ；RE306）

ISBN 978-986-319-131-5（平裝）

857.7　　　103013471

悅讀館 RE306

兔俠 vol. 6 分別深藏之心

作者／護玄
插畫／Roo　　封面設計／克里斯
出版／蓋亞文化有限公司
地址◎ 台北市103赤峰街41巷7號1樓
電話◎（02）25585438　傳真◎（02）25585439
部落格◎ gaeabooks.pixnet.net/blog
臉書◎ www.facebook.com/Gaeabooks
電子信箱◎ gaea@gaeabooks.com.tw
投稿信箱◎ editor@gaeabooks.com.tw
郵撥帳號◎ 19769541　戶名：蓋亞文化有限公司
法律顧問 / 義正國際法律事務所
總經銷 / 聯合發行股份有限公司
地址◎ 新北市新店區寶橋路二三五巷六弄六號二樓
電話◎（02）29178022　傳真◎（02）29156275
港澳地區 / 一代匯集
地址◎ 九龍旺角塘尾道64號龍駒企業大廈10樓B&D室
電話◎（852）2783-8102　傳真◎（852）2396-0050
初版一刷 / 2015年2月
定價 / 新台幣 240 元
Printed in Taiwan

ISBN／978-986-319-131-5
著作權所有．翻印必究
■ 本書如有裝訂錯誤或破損缺頁請寄回更換 ■

兔俠 vol.6

蓋亞文化　讀者迴響

感謝您在茫茫書海中選擇了蓋亞，您的支持是我們最大的動力。
不要缺席喔，讓我們一起乘著夢想的羽翼，穿越時空遨遊天地！

姓名：　　　　　　　　　　性別：□男□女　　出生日期：　年　月　日

聯絡電話：　　　　　　　　手機：

學歷：□小學□國中□高中□大學□研究所　　職業：

E-mail：　　　　　　　　　　　　　　　　　　（請正確填寫）

通訊地址：□□□

本書購自：　　　　縣市　　　　　書店

何處得知本書消息：□逛書店□親友推薦□DM廣告□網路□雜誌報導

是否購買過蓋亞其他書籍：□是，書名：　　　　　　□否，首次購買

購買本書的動機是：□封面很吸引人□書名取得很讚□喜歡作者□價格便宜□其他

是否參加過蓋亞所舉辦的活動：
□有，參加過　　場　□無，因爲

喜歡出版社製作什麼樣的贈品：
□書卡□文具用品□衣服□作者簽名□海報□無所謂□其他：

您對本書的意見：
◎內容／□滿意□尚可□待改進　　◎編輯／□滿意□尚可□待改進
◎封面設計／□滿意□尚可□待改進　◎定價／□滿意□尚可□待改進

推薦好友，讓他們一起分享出版訊息，享有購書優惠
1.姓名：　　　　e-mail：
2.姓名：　　　　e-mail：

其他建議：

廣告回信　郵資免付
台北郵局登記證
台北廣字第675號

Gaea

Gaea